裸のダルシン

野蠻王子

一個身上沒有任何遮蔽的人類，比螞蟻都還要脆弱……
一位被放逐的凱爾特王子，被迫擺脫人類生活的枷鎖，
被禁止使用人類的工具和語言。他必須用赤裸的身體，
回歸最原始的生活方式，赤手空拳地向大自然學習生存
成為大自然的孩子，勇敢地踏上追尋真理之路……。

C. W. 尼可 *Clive Williams Nicol* 著
林冠汾 譯

出版序

如萬籟俱寂中的一聲宏亮虎嘯

「世界自然基金會」在二〇〇六年所提出的，世界生態系雙年報當中，明確地指出：地球將在二〇五〇年時，面臨生態大崩解。在資源大量耗盡、物種快速消失、廢氣危害加劇的浩劫之下，人類將面臨空前的危機。

五十年之後的地球將會是什麼模樣？現在的我們無法臆測，但美麗的地球正在快速的被人類凌虐、低聲哀嚎，卻是不爭的事實。環境保護的重要性，已經是跨國際、跨領域、跨種族、跨生態的問題了，但居住在台灣這塊島嶼上的我們，環保議題卻永遠是最不受重視的弱勢題材。在國會殿堂中，鮮少聽見有議員為我們的生態環境振振發聲；在報章媒體中，很少看見深入、有見地的生態環境報導；在出版界，環保書籍更是少得可憐，成了冷門中的冷門書。我不禁要問：為什麼？是我們不關心自己生活的環境與土地，還是一貫地用鴕鳥心態，來面對這種嚴肅、枯燥、乏味的主題，心裡總是想著：反正事不關己。

然而，五十年很快就會來臨，到時候我們該如何自處？那絕對不會單單只是政府該做的事、學校該做的事、環保專家該做的事，而是你、我面臨生死存亡必須面對、該想、該做的事。

每天早上醒來，我總會站在陽台上，望著對面公園裡滿眼的綠意，欣賞著正在做早操的老人家們，聽著小鳥啁啾的輕快叫聲，簡單而美麗的秩序，隨著從葉縫中灑落的金色陽光，奏起壯麗的交響曲，展開我忙碌的一天。這個小小的美麗公園，即將隨著捷運的開挖而改變風貌，捷運局的工作人員冷靜地告訴我，這整片綠樹將會被盡數砍掉，因為捷運的通風口將設置在此。

再過不久，當我起床時，將會看見一座碩大、奇醜無比的通風設備，矗立在我的眼前，小鳥不會再站在枝頭啁啾鳴叫；老人家將失去一大片可以散步運動的空間；孩子們的遊樂設施也將因此所剩無幾，冰冷的水泥地將取代美麗的草地，成為這座公園中最突兀的標的。

還記得剛剛搬進這個社區時，常常帶著孩子在公園裡追著小小的綠色蚱蜢玩耍，觀察著剛剛破土、伸出頭來的小小嫩芽與花苞，飛過頭頂的繽紛彩蝶，總是令孩子呼聲不斷、充滿驚喜。春天時，微風拂過那紅撲撲的小臉頰，總讓我心滿意足，打從心底感激這座小小的社區公園，能讓我的孩子如此健康、快樂的成長。當時，公園的樹都還很小，現在已經高聳茂密、綠意盎然，但不久之後，一切景象都將不同，隨這季節更迭，落花繽紛的美麗景色，將不復得見。

是人類自己的智慧不夠，才讓我們的生活品質沉落了，生命的寬度、向度窄化了，該是大家好好思索環境問題的時刻了，【森活館】於焉誕生。在這個書系當中，我們將和讀者分享各種樂活態度、慢活體驗與健康生活，讓大地的感覺更靠近我們一點，讓生命的律動更動人一點，讓生活的步調更柔緩一點，讓環境的關懷更多一點。

年初，國際環保專家C. W. 尼可先生到訪台灣，他告訴我，如果環保書無法成為暢銷書，那真的是一件大罪過，因為，我們得砍掉多少樹木，才能將正確的環保理念深植在讀者心中，化成具體的行動。因此，談健康、說環保的方式都不能再是陳腔濫調、說教述理，它必須鮮活有趣、鞭辟入裡。【森活館】中的書籍，可能是散文，可能是小說，也可能是報導，但我們都希望這些擲地有聲，如萬籟俱寂中一聲宏亮虎嘯的【森活館】叢書，能和您一起攜手為我們的土地、環境、健康、生活而努力。

九韵文化總編輯
許麗雯

目次

本書獻給三位男子

海利、海人與海渡

前言

讚美歌響遍整個微暗的森林，在凱爾特國被稱為德魯伊（Druid，凱爾特古語是橡樹之賢者的意思，他們是凱爾特神話中的祭司，自然的崇拜者和守護者。）的三位聖人正在橡樹前虔誠祈禱。

一位年輕的德魯伊一邊吟唱讚美歌，一邊緩緩地爬上母樹，他用金鐮刀取下一株寄生在樹枝上的槲寄生，並丟給在樹下準備迎接的同伴。對德魯伊來說，槲寄生，特別是寄生於橡樹的槲寄生是神聖的植物，絕不允許掉落在地面。

自古以來，凱爾特族一直認為老樹的樹幹象徵著太陽、月亮或星辰所形成的天空，以及風或鳥生存的陸上世界，並相信扎入地底下的根莖會守護大地，聯繫生與死的世界。在樹木都陷入深眠的寒冬裡，槲寄生卻依舊脆嫩鮮綠，因此人們相信槲寄生是不畏懼恐怖的黑暗世界，擁有特殊力量的植物。

三位德魯伊完成向母樹祈求砍伐森林樹木的儀式，在樹幹淋上蜂蜜酒後，便前往樵夫等候他們的地方。三名樵夫在距離不遠的地方，正忙著把松樹樹枝綑綁成薪柴。

◊ 德魯伊（聖人）

「他們來了！」

樵夫們起身向三位德魯伊致敬。其中一名樵夫牽來一隻綁在附近的羊。年老的樵夫指著正在咩咩叫的羊說：「這隻羊早上才剛剛送來，是難得一見的珍品呢！」

不同於凱爾特國常見的深褐色羊隻，這隻羊的顏色是罕見的純白色。

德魯伊在羊的頭部及身體上方揮動方才取下的槲寄生，進行驅邪儀式。儀式完成後，年輕的德魯伊用力抓住羊，另一位德魯伊拿起黑曜石（一種天然的火山琉璃）做成的刀子敏捷地割斷羊的喉嚨。槲寄生沾滿噴出來的鮮血，朝四面八方揮灑以淨化這塊土地。接著，德魯伊用羊的油脂和鮮血，在三名樵夫的額頭和臉頰畫上驅邪的圖樣。

死去的羊被輕輕放在薪柴上，連同供奉的野花擺上乾草及乾燥後的小松樹樹枝，用打火石點火。松樹樹枝在紅黃色火焰中燃燒，湧出的煙霧不斷地飄向天空。此時，森林裡出現十多位德魯伊的修行祭司，他們用美麗悅耳的合聲吟唱著讚美歌。三位德魯伊拿出太平鼓，配合著歌聲打鼓。那是一首凱爾特國最古老的祈禱歌。響亮的歌聲傳到遙遠山谷裡的村落，直唱到犧牲和薪柴完全燒盡為止。

到了午後，德魯伊把剩餘的灰燼和水加以攪和後，在所有參加儀式的人的額頭畫上圓形記號。接著，其中一位德魯伊用黑曜石做成的斧頭觸碰橡樹樹幹三下後，所有人都朝著橡樹鞠躬膜拜。

「這樣就完成儀式了，謝謝大家。」

年輕的修行祭司拿出蜂蜜酒和黑麵包款待樵夫與德魯伊。年老的樵夫對著同伴說：「每個人都認為不應該砍伐這樣的老樹。不過，這棵樹被砍下來後，將化身為康拉王的船艦，在遼闊無邊的大海展開一段精彩的旅程。這棵樹將為了我們，改變它存在的形式。」

紅色頭髮的樵夫把口水吐在手掌心，握緊厚重的青銅斧頭（凱爾特族自古就有不能在森林使用鐵製工具的規定）朝附近的一棵大樹大聲吆喝說：「呦咻！」

「嘿咻！」

咚！咚！斧頭的刀鋒不斷地砍進樹幹裡。砍樹聲響遍森林的每一個角落，鳥兒們不再鳴叫，一瞬間甚至感覺連風兒都靜止了。

深紫色天鵝絨般的天空，懸掛著一輪銀色的圓月。咻的一聲，樵夫們的頭上掠過一陣夜鷹搧動翅膀的聲音，那聲音就如大蜜蜂的鳴叫聲。黑暗裡，不知從何處開始傳來貓頭鷹的哀戚聲。

三名樵夫不停地燃燒薪柴，像是為了在森林裡劃下時間的痕跡般，整個晚上不斷發出斧頭聲。

◊ 母樹

封閉的陸地
less Ice
Sea of Ice 冰海
薩斯納克
Saisnach
Home Harbour
of Saisnach
薩斯納克的母港(颪達)
Saisnach
Sea 薩斯納克海
Pictoi 皮克特
Kimri 基姆利
Gallar 迦利亞

◊ 地圖

薩斯納克
Saisnach Base Captured by Konra
康拉王所佔領的基地
Great Western Sea
大西海
Konradon Castle
康拉王的城堡
Keltoi
凱爾特
Coast of Widows
寡婦海岸
Dragon Island
龍之島
South Fort
南邊的堡壘

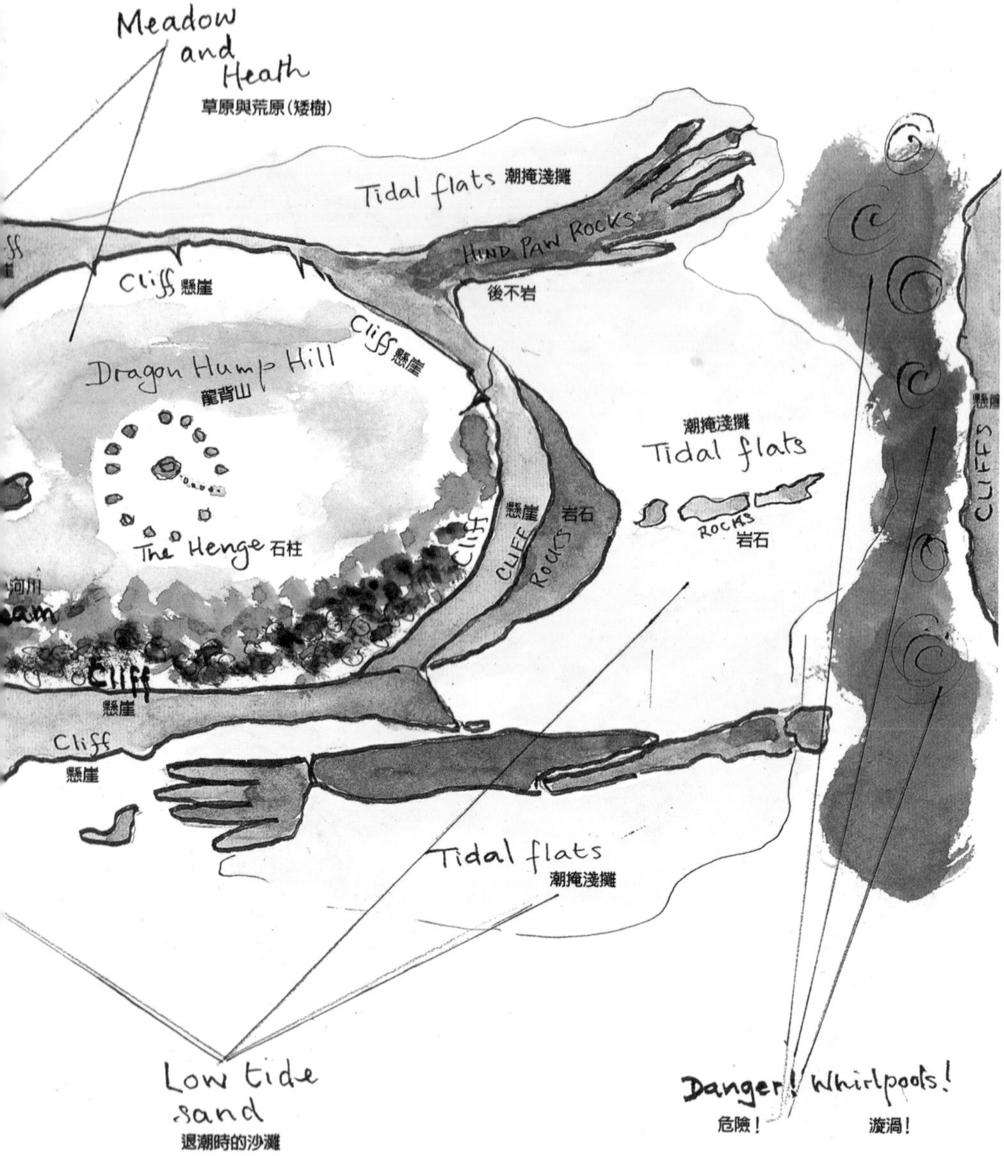

* 潮掩淺攤　退潮時露出來的淺灘

Nic

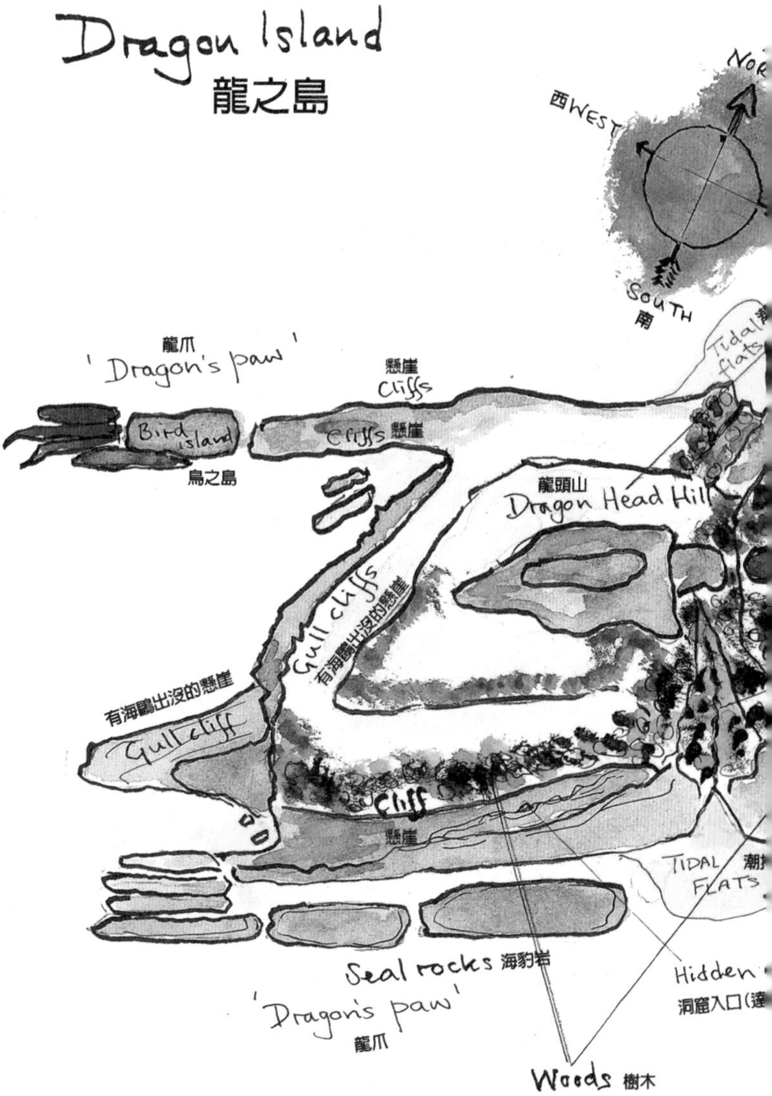
Dragon Island
龍之島
西WEST
SOUTH
南
龍爪
'Dragon's paw'
懸崖
Cliffs
Bird island
鳥之島
Cliffs 懸崖
龍頭山
Dragon Head Hill
Gull cliffs
有海鷗出沒的懸崖
有海鷗出沒的懸崖
Gull cliff
Cliff
懸崖
Tidal flats
TIDAL FLATS
Seal rocks 海豹岩
'Dragon's paw'
龍爪
Woods 樹木

◊ 龍之島側面圖

◇ 布莉姬阿姨的大鍋子

◇ 德魯伊（聖人）

◇ 達爾辛被流放鄉村時的住處

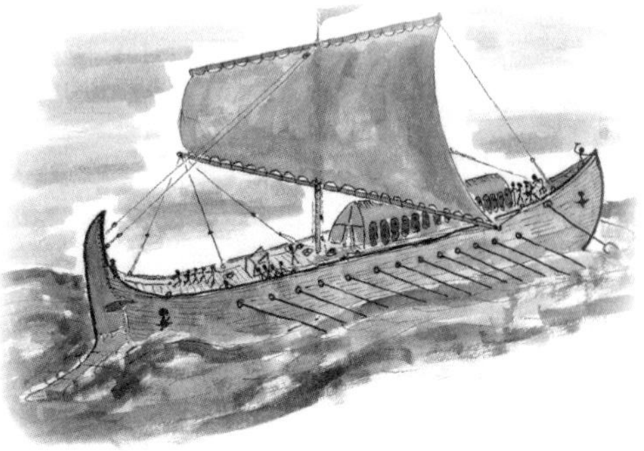

Chapter 1
康拉王的艦隊

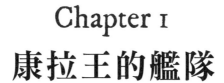

康拉王下令建造了三十三艘船艦。

建造一艘船艦需要用到五百棵橡樹、八十棵紅榆樹、一百棵大松樹以及五棵千年冷杉。為了建造船艦，從全國的森林裡，砍伐了數量龐大的樹木。

這些樹木，每一棵都是樹齡二百年以上的老樹。

在造船廠裡，厚實的青銅裝甲被架在船隻的龍骨上，同樣用青銅與橡樹建造而成的船首，安上了如頜針魚的尖嘴般的衝角（撞杆）。這是用來攻擊敵艦的武器。

三角形風帆被染成紫色，國王的船艦有著黑白相間的魚鷹（類似鳶的鳥類）紋飾。

當風帆無法起作用時，就會用到四十根長長的船槳。每艘船艦乘坐了一百名海軍隊員以及三十名水手，再加上艦長、士官與軍醫等成員，總共有一百三十八人。整支艦隊的人數加起來總共有四千五百人以上，被選中的男子都是凱爾特族中，最優秀也最勇敢的壯丁。

長達百年之久，薩斯納克族的海盜不停地在凱爾特國的海岸恣意搶奪。他們攻擊小港口、漁村及鄉鎮，殺害男子和老人，綁架年輕女子和幼童，奪

◇ 橡樹的葉與堅果

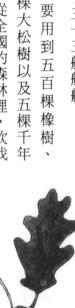

取金錢、寶物、家畜及穀物，並且燒毀建築物。

如此殘酷凶猛的薩斯納克族在北海的島嶼裡，擁有多處隱密的藏身地。這些藏身地多位於峽灣（深灣）的極深處。

當春天降臨北方，白晝隨之拉長時，薩斯納克族的海盜便會隨著流冰，乘著龍之船展開襲擊，在夏天接近尾聲時回到自己的港口。男子們打從長鬍子開始，除了海上的工作、探險及戰爭之外，什麼都不做。秋天裡，他們偶爾會外出獵打熊、山豬或大角鹿，除此之外，幾乎都不從事任何工作。

薩斯納克族好打架、愛喝酒、食量大又喜歡吹牛。他們是勇敢的民族，但絕非溫柔的民族。像是種田耕地、飼養家畜、採集冬天使用的泥炭等苦力工作，都是命令奴隸們來做，捕魚工作則是由老人及出征前的年輕人負責，因此薩斯納克族每個人從小就非常習慣坐船。

他們擁有豐碩的海洋資源，能夠捕獲大量的鮭魚、鯡魚、鱈魚、圓花鰹魚、海鰈，也能夠抓到螃蟹還有蝦子。在海灣和峽灣的海水就快結冰前，當成群的鯨魚遊入峽灣時，男子們會參加圍捕活動，展開一場熱鬧非凡的祭典。

薩斯納克族的最大基地是一個叫作嵐達的漁村。與嵐河相接的嵐達港口寬且深，一到秋天能夠捕獲大量的鮭魚。深山裡的木材會被以各種方法搬運到這裡來。漁村與嵐達灣被高聳的群山圍繞著，形成容易防守的地勢。這裡的人口包括將近兩萬人的薩斯納克人以及四千人的奴隸。外來者在這裡並不被信任，只有數十人左右。奴隸當中有一半以上是凱爾特人。

嵐達港口兩側有兩座石造的堡壘，其入口處被稱為龍口。堡壘上有著投石機，在發生戰爭時能夠連續投射三百顆巨石。另外，堡壘上還有以旋轉盤及滑車控制、外觀詭異的巨大弓箭。這個巨大弓箭能夠射出約四百根又長又粗的火矢。對於前來襲擊的敵艦來說，無疑是個恐怖武器。

凱爾特國的康拉王在眾神面前發下誓言。他誓言要摧毀薩斯納克族海盜的基地——嵐達，終結龍之船的攻擊行為，並讓奴隸們恢復自由。為了讓薩斯納克族永遠無法在凱爾特國的島嶼上恣意橫行，康拉王與眾神約定就算所有船艦與同胞全都葬身大海，也要全力奮戰到最後一刻。康拉王展現勇敢無懼的決心，但他所面臨的挑戰卻是百般艱辛。

在攻擊嵐達之前，必須先攻陷十三處散布在各島嶼的薩斯納克族基地。如果不先這麼做，凱爾特國將遭到反擊而陷入危險的處境。

康拉王指派他的妹婿剛達在他出征的期間擔任總督職位，並把他十四歲的兒子達爾辛交託給剛達總督。達爾辛的母后在三年前因為騎馬時被蜜蜂螫到，一時驚慌失措不慎摔落而死。

達爾辛王子拚命請求他的父王讓他參戰。

「父王，請求您讓我加入艦隊吧！」

康拉王並沒有答應兒子的請求。不管達爾辛再怎麼苦苦哀求，他畢竟是康拉王唯一的兒子。他背負著成為凱爾特國國王的未來使命。再說，十四歲的年紀是不被允許出征打仗的。出發前，康拉王向剛達總督託付說：「剛達，萬一我在這次的戰役中遭遇不測……答應我，你一定要好好養育我的兒子到他年滿二十歲。」

剛達回答：「王兄，請您不要說如此不吉利的話。我會每天向眾神祈求，期待您平安歸國。請您放心地將達爾辛託付給我，我會視他如己出，盡心保護並養育他。他是我可愛的姪子啊！」

康拉王會心一笑。

「別寵壞他啊。他可是一個任性調皮的孩子。」

剛達笑著回答說：「我會平等地嚴格對待，請您不用擔心。」

康拉王率領大艦隊出征後的第一年，達爾辛王子在剛達總督的嚴格管教下，度過平靜無波的一年。

一年之後，剛達總督的態度突然有所轉變。

康拉王率軍出征後，凱爾特國的海岸不再有薩斯納克族的海盜出沒。隨著與南方國家的貿易往來而變得活絡，不好的謠言也相繼傳開。

據說北海的戰況慘烈，凱爾特軍陷入苦戰之中，甚至還傳出康拉王身負重傷的謠言。與國王的聯繫已中斷好一陣子了，更不見有任何船艦歸來。謠言從城堡裡傳出，無聲地在全國散布開來，最後傳到了達爾辛的耳中。

仔細一想，等來等去也盼不到父親寫信來，身邊的人老是把我當小孩般看待，總會岔開關於父親的話題。儘管擔憂不已，達爾辛畢竟是國王之子，堂堂一國之皇太子，他不能讓別人看出心中的痛苦，也不能向他人傾吐煩惱。

有一天傍晚，達爾辛踏出城堡來到大海邊一望無際的懸崖上坐了下來。從這裡可以看見一年前父親率領艦隊，浩浩蕩蕩出征的港口。想起父親的出征，就彷彿是昨天才發生的事，卻又好像是經過許久的往事。

懸崖下的海浪不斷掀起白色飛沫，彷彿要吞噬在空中翱翔的海鷗和海烏鴉般，發出低沉的嘶吼聲。西邊的天際就像被撕裂的絲綢，灑落紅色、桃色、金色、銀色以及灰色的閃耀光芒。

愛犬魯巴陪伴在達爾辛身旁，「魯巴」代表著狼的意思，已過世的母親在達爾辛八歲時將魯巴送給他。

凱爾特族人自小便擁有屬於自己的小狗，並親自負責訓練。這是為了從小就培養對於其他生命的責任心，同時也是磨練自我的方法。飼犬忠實又守規矩的飼主會受人尊敬，飼犬顯得慵懶且不聽指令的飼主則會遭到輕視。人們認為小狗的表現就是狗主人的照鏡。

對於沒有任何兄弟姐妹的達爾辛而言，魯巴是無人能取代的。無論是母親過世的時候，或是父親出征打仗的時候，魯巴總是陪伴在達爾辛左右。

「魯巴，父王平安無事對吧？他一定會回來對吧？」

魯巴沒有回答，牠用舌頭舔了舔達爾辛的臉頰。

「別這樣！我早上才洗好臉耶！」

然而，達爾辛的臉頰卻帶著鹹鹹的味道，魯巴又再一次舔了舔達爾辛的臉頰。

「喂！你幹什麼！我又沒有哭。」

達爾辛用力地抱住魯巴。

表兄阿尼古從城堡窗口注視著達爾辛和魯巴，臉上浮起一絲笑容說：

「可憐的傢伙！你就快當不成王子了。」

魯巴平時絕不會亂咬人。然而有一天，達爾辛與大他兩歲的阿尼古一同在練習凱爾特摔角時，阿尼古因為輸給體格瘦弱但動作卻比自己敏捷的達爾辛，不服氣地在比賽中突然往達爾辛的肚子一踢。

「犯規！」

達格中士曾是陸軍的佼佼者，退休後即擔任兩人的摔角教練，他大聲斥罵著。

阿尼古看見達爾辛被踢倒在地，於是使出全力再重重地踢出一腳。魯巴見狀為了要保護達爾辛，便緊咬住阿尼古的腳不放。

達格中士捉住魯巴的頸鍊，將牠從阿尼古的身上拉開。一被拉開後，阿尼古順勢拔出達格中士的利劍，一刀刺死被拉住頸鍊動彈不得的魯巴。由於阿尼古的動作實在太快，達格中士來不及阻止他。

看著全身是血的魯巴，達爾辛不覺地忘了肚子的疼痛，有好幾秒鐘的時間，達爾辛動彈不得也哭不出來。魯巴赤紅的鮮血在中庭的綠色草皮不停地滲透開來。

一股憤怒的情緒在達爾辛的胸口如烈火般燃燒起來，他緊緊握住拳頭，使力毆打表兄的臉。阿尼古的鼻樑被打斷，鼻血四處灑落在他的臉上、胸口還有地上。

如果不是達格中士在場，阿尼古肯定會刺死達爾辛。阿尼古高高舉起殺死魯巴的利劍，朝達爾辛揮去。達格中士迅速抓住阿尼古的手，撥開緊握劍柄的手指把利劍奪回。阿尼古用衣袖擦乾鼻血說：「總有一天我會宰了你。」

達格中士大聲怒罵說：「混帳！」

若非康拉王已赴戰場，阿尼古勢必會被關入牢獄。

剛達總督聽聞騷動發生，急忙趕到現場。看見兒子渾身是血的模樣，剛達總督揚聲怒吼說：「是誰？是誰打我兒子的？」

「是我。」達爾辛回答。

「阿尼古殺了我的狗。」

「那隻凶猛的狗咬我耶！父親，您看這傷口！」

達格中士將兩人隔開說：「閣下，這傷口是因為您兒子他……。」

「住口！」

剛達總督揚起拳頭，極度震怒地說：「膽敢讓我的兒子受傷！來人啊！把這個老朽糊塗的達格中士給我捉起來！」

「姑父，不是這樣的！達格中士他只是……。」

「住口！這個國家的總督是我。你給我回到自己的房間去！來人啊，把這隻狗丟到河溝裡餵魚！」

從這天開始，達爾辛王子便憎恨起姑父剛達與他的兒子阿尼古。

然而，剛達總督卻是在更早以前就憎恨著康拉王與他的兒子達爾辛。

剛達總督是康拉王的妹婿，康拉王認為當時擔任守衛兵的剛達不但城府深且性情不定，因此強烈反對他們的婚事。不料康拉王的父親，也就是當時的國王卻非常看重守衛兵剛達。兩人順利結婚後，康拉王的妹妹卻因為染上重病，不久後即離開人世。

城堡的大廳中央有一座大火爐，火爐大到足夠用來燒烤一整頭牛。

七名妙齡女子圍繞在火爐四周，上下踏步舞動著身體。她們的腳踝上掛著有小石頭點綴的鈴鐺，這是凱爾特族特有的腳鍊。每一擺動身體，鈴鐺隨即會發出金屬特有的清脆高音。火爐旁有十名樂師一邊彈奏太鼓與風笛，一邊歌唱。

石牆上掛有青銅燭台，羊脂和香蒲（植物）做成的燭芯點燃黃色燭光。從南國帶回來的樹皮在黃色火焰中徐徐燃燒，散發出芬芳宜人的香味。牆上映出女子們的身影和談笑風生的男子們的身影，交疊的影子彷彿幽靈般緩緩擺動。

火爐兩旁擺著長方型的矮桌子，男子們盤腿坐在羊皮上。龐大的肉塊被送到每位賓客面前，男子們各自用短刀割下肉塊，直接拿在手中啃咬。桌上還擺有燉魚料理、扁圓型的大麥麵包及放有鹽巴的容器。飲料有蜂蜜酒和啤酒，對於身分特別的賓客會以葡萄酒來招待。為了保持葡萄酒的鮮度，酒杯的杯緣內側都塗上了蜂蠟。

石塊地板上鋪著新鮮的香蒲、蘆葦及乾草，有幾隻獵犬趴在大廳角落。當主人呼喚時，牠們會搖擺尾巴走向主人，討到剩餘的肉塊或骨頭後再回到原位啃食。

剛達總督幾乎每晚都會招待國內具有實力的人物或高官，除了想拉攏這些人之外，剛達總督還會將隨著商船傳開、未經證實的謠言當成事實般公布於眾，他還把達爾辛王子形容成難以管教的問題兒童。

隔日，剛達總督把達爾辛王子叫到城堡的大廳。

他在眾人面前命令達爾辛說：「從今以後不准你再飼養小狗！你沒有飼養小狗的資格。如果被我發現，就算是幼犬照樣格殺勿論！聽懂了嗎！」

「不，這不公平！魯巴和我都沒有錯。阿尼古是欺負弱小的膽小鬼，他是個卑鄙的傢伙。我絕對不會原諒他。」

「你說什麼！」

阿尼古往前踏出一步。看見阿尼古把手放在腰際佩帶的鐵劍上，達爾辛冷冷地回答說：「按照我國的法律規定，等我滿十八歲之後就能夠要求決鬥。只要再等三年，我會非常期待那天的到來。等父王回來，我會好好向他解釋的。」

◇ 城堡大廳。石牆上掛有青銅燭台。

剛達總督因憤怒而全身顫抖地說：「這個國家的法律是由我來決定，給我滾出去！」

達爾辛背向剛達總督和阿尼古，筆直地踏出大廳。穿越中庭走出城門外，達爾辛抬頭遙望天空，深深地吸了一口清新的空氣。

（父王到底何時會回來呢？）

達爾辛被迫流放到鄉村。

達爾辛與六名哨兵抵達鄉村住處後，不到一個星期的時間，達格中士突然出現。原來達格中士也遭到流放了。馬、鐵劍、短刀、長槍、一把弓箭加上十根箭矢、綠色厚毛料的斗篷，還有隨身攜帶的笛子，是達格中士身上所有的家當。

達格中士躍下馬兒，敬了一個禮說：「老朽已無處可去，懇求王子給我一份工作。無論是劈柴、打掃，什麼工作我都願意做。」

不用說達爾辛當然是再開心不過了，他抱著身壯如熊的達格中士，笑著說：「歡迎你來！你不在身邊，我可是寂寞透了！就任命你為這塊鄉間土地的陸軍上將吧。哈哈哈！剛達是個大笨蛋，把你革職是他最大的損失。」

負責監視達爾辛的哨兵們都非常熟悉達格中士，其中五名哨兵都相當樂見達格中士加入他們，但最後一名哨兵卻想起剛達總督的命令。

「給我看好達爾辛王子，一有不對勁立刻向我回報。絕對不能讓他跑到港口，懂了沒！」

這天晚上用完晚餐後，達爾辛、達格中士和六名哨兵坐在暖爐前喝著啤酒和蜂蜜酒聊天。談話中，達格中士和達爾辛兩人都刻意不說剛達總督或阿尼古的壞話。雖然六人當中有五名哨兵對康拉王忠心耿耿，但有一名哨兵是個城府頗深的人。

「假設康拉王戰死的話，剛達總督勢必會自封為王。到時候一個十五歲又乳臭未乾的小子能有多大的能耐？先站在總督這邊，將來一定會有好處。」

尼薩下士心中如此盤算著。尼薩下士是哨兵們的隊長，他的身材高大，論相貌也算俊俏，但他的眼神總是像鼬鼠般四處觀看張望。

達爾辛向哨兵們說：「有件事情想問問大家的意見，達格中士能夠加入我們是一件好事吧！請大家老實告訴我你們心中的想法。」

達格中士注視著尼薩下士說：「尼薩，你覺得怎樣？」

「當……當然歡迎您來，只是……。」

「只是什麼？有什麼不妥嗎？」

「不……只是……。」

「到底是什麼？快說！」

尼薩下士不敢直視達格中士的眼睛，以略帶不滿的語氣回答說：「雖然不久前我還是達格中士您的手下，但現在剛達總督把這個任務交託給我，所以立場不同了。我有我的尊嚴，我擔心我們彼此之間的關係會變得複雜。」

「我已經不是中士，只不過是個老糊塗罷了。」達格用低沉的聲音回答。

達爾辛舉起手說：「尼薩，你還是這個軍隊的隊長。至於達格，就請他當我的武術教練，指導我摔角、射箭、劍術，這樣如何？」

「這個主意太好了。」其他哨兵附和著。

「如果可以的話，我也想和王子一起接受訓練。」

「我也是。」

除了尼薩下士之外，所有人都舉手贊同。

「太好了，對手越多越好。」達爾辛拍手說。

「閒暇時我們就一起練武術吧。尼薩下士，你也一起練習。」

「在這種窮鄉僻壤的地方有的是時間。」

聽到一名哨兵如此發言，大家都笑了。

「我還有一個要求。」

「王子請說。」尼薩下士回應達爾辛。

「達格來這裡的事情如果不好好保密的話，剛達總督勢必會來找碴。尼薩下士，你每個月都必須向總督報告這裡的狀況是吧？」

「是的，沒錯。」

「你就告訴總督我們請了一名老僕人吧。如果他問起是誰的話，你就回答說是一個全身傷疤累累的退役軍人。問起名字的話，就說是烏魯蘇吧！」

其他哨兵聽了都捧腹大笑。在凱爾特古語裡，烏魯蘇代表「熊」的意思。達格中士把右手搭在尼薩下士的肩膀上說：「就拜託你了，尼薩下士。我不會添麻煩的。」

「我知道了。」

達格中士把臉朝向所有人，靜靜地宣告說：「在這裡我先把話說清楚，如果有人背叛達爾辛王子就等於背叛康拉王，我這隻老熊絕不允許這樣的事情發生。」

Chapter 2
大鳥鴉之子「歐布」

達爾辛的家門口旁有一棵老松樹，每天一大早大烏鴉們都會聚集在這棵樹下。大烏鴉聚集的場面可說是熱鬧無比。

有一天早晨，尼薩下士因為宿醉而情緒不佳，突然射箭殺死了一隻烏鴉。其他哨兵雖然覺得不可理喻，但因為畏懼尼薩也不敢有意見。不過，大家都認為這是一件不吉利的事情。只有在廚房的布莉姬阿姨敢抱怨尼薩，尼薩聽了大聲斥罵說：「吵死了！妳和烏鴉一樣吵死人了！」

◊ 歐布

達爾辛起床後發現被射死的烏鴉，於是把烏鴉埋在松樹底下。當泥土蓋上漆黑的屍體時，聚集了很多隻烏鴉，不過並沒有攻擊達爾辛。達格中士站在達爾辛旁邊，低頭望著小小的墳墓。

「這是隻年輕的母烏鴉，真可憐。附近可能有鳥巢，不小心點不行……。」

達格中士沒有再多說什麼。

過了兩天後，從住家旁老舊的看守塔屋頂傳來吵雜刺耳的叫聲。

「尼薩，這次不准你再殺死烏鴉喔。」達爾辛叮嚀著。

達爾辛攀上看守塔，發現了大烏鴉的鳥巢。鳥巢裡有三隻幼小的烏鴉，其中兩隻已經死了。達爾辛把活著的小烏鴉放進身上穿的鹿皮夾克裡，下了看守塔走向廚房。

「布莉姬阿姨，請給我一些肉。」

「肉？不是剛吃過早餐嗎？為什麼還要肉？」

「妳看！我發現小烏鴉耶。牠肚子餓了。尼薩下士殺死牠的媽媽，好可憐喔。」

布莉姬阿姨給了達爾辛一些生的牛肉。達爾辛先仔細咀嚼牛肉後，才餵給嘎嘎叫個不停的小烏鴉吃。看小烏鴉吃著柔軟牛肉的貪心模樣，達爾辛臉上浮出笑容。

「你的眼珠又黑又亮，就叫你『歐布』吧。你知道嗎？『歐布』在我們的古語裡是黑曜石的意思，也就是像玻璃一樣會發亮的黑色石頭。怎樣？滿不滿意你的新名字？歐布，你肚子還會餓啊？等等，我再餵一些給你。」

布莉姬阿姨安靜地看著他們。

「你要一點一點地餵食，喉囊裝太滿的話，裡頭的肉會腐爛掉。你仔細看，小烏鴉的肚子還光禿禿的吧！牠雖然已經長出翅膀，但還不會飛，不會自己覓食。如果想要代替母鳥照顧牠會很辛苦的，每隔一個小時就得餵食一些。」

負責廚房工作的布莉姬阿姨是一名寡婦，她的肌膚雖然白皙，卻擁有強而有力的手臂及豐腴的胸部。與其說她是料理食物的廚師，不如形容她是廚房支配者會比較貼切。

布莉姬阿姨的紅色頭髮參雜一些銀色髮絲，綠色眼珠生起氣來彷彿紅色火焰般發光。雖然布莉姬阿姨對達爾辛還算是親切溫柔，但一生氣起來，就像魔鬼般令人恐懼。她的力氣之大，毫不遜色於男人。

「真是可憐啊！」她繼續說。「還這麼小，媽媽就被殺死了。太過分了！那個男人一定會遭天譴的。王子，隨時歡迎您來拿肉。我這就來替您熬煮一大鍋小麥和大麥，小烏鴉也很喜歡吃這一類的食物，可以試著餵餵看。」

「謝謝！布莉姬阿姨，妳真是個大好人。」

聽見達爾辛的感謝話語，布莉姬阿姨臉上綻放宛如少女般的笑容。

達爾辛把小烏鴉帶到馬廄，溫柔撫摸著小烏鴉說：「從今天開始，我們就是朋友了。真可憐，你肚子光禿禿的，很冷吧！今後我會好好照顧你的。我是達爾辛，你是歐布，知道嗎？歐布。達爾辛。」

黃昏時分，布莉姬阿姨端著小麥和大麥熬煮而成的粥來到馬廄。她看著小烏鴉與達爾辛好一會兒後，說出奇妙的話：「王子，傳說大烏鴉的眼睛是摩根的眼睛，也就是戰爭之神、復活之神，這位恐怖之神的眼睛，祂總是透

過烏鴉的眼睛看著我們。這只是一個前兆。請您善待這隻小烏鴉，代替母烏好好保護小烏鴉，相信您過世的母親也會看得見的。」

「嘎！嘎！」歐布發出聲音。

歐布還多了一位不可思議的朋友，這位朋友是貓咪莫可。同樣全身烏黑的貓咪是在存放木炭的小屋子裡出生。

達爾辛餵食歐布的時候，莫可總在他身邊。餵食生肉時，達爾辛會分一些肉給莫可。不過莫可有牠自己的食物。白天莫可會巡視糧倉、馬廄及鳥屋，大展抓老鼠的身手。抓到老鼠後，莫可會和老鼠玩上一陣子，等老鼠死掉再把老鼠排放在廚房泥地的入口處。然後喵叫一聲告知布莉姬阿姨，並等著拿獎賞。獎賞通常有莫可最愛的牛肉、小魚及牛奶。莫可偶爾會拿小老鼠給歐布吃，就像是照顧小烏鴉的成員之一。

剛開始兩個月，達爾辛把歐布關在鳥籠裡飼養。餵食的時候才把歐布放出鳥籠以手餵食。歐布最喜歡玩了。牠非常害怕寂寞，沒有人陪伴時總會叫個不停。和牠說話時牠會傾著頭，用聰穎的眼睛注視達爾辛。

過了三個月後，歐布已經會模仿達爾辛的聲音說人類的話。

「早安、吃飯了、肚子餓了嗎、吵死了、別貪吃啊、喂、住手啊、很痛耶、朋友、笨蛋。」

不只是學達爾辛說話，歐布還會學達格中士的怒罵聲、布莉姬阿姨的抱怨聲、貓狗的叫聲、馬兒的嘶叫聲，甚至連尼薩下士的聲音都模仿得唯妙唯肖。

歐布學會飛之後，達爾辛便把牠放出鳥籠。

「你已經自由了。回到你的烏鴉同伴身邊去吧。」

然而，歐布總是會回到達爾辛身邊。牠站在達爾辛的肩膀上，彷彿在觀察人間所有動靜，還會像個小孩子般不停地說話。有時候歐布還會發出嚇人的烏鴉叫聲。

每天一大早，歐布會飛往其他地方。

「那孩子一定是去參加烏鴉們的朝會。牠肯定會一五一十地報告這裡的情形。」布莉姬阿姨說。

自從尼薩下士殺死了母烏鴉，所有烏鴉都非常討厭他。當尼薩下士外出時，烏鴉們會在他的頭頂上盤旋吵鬧。那棵松樹下，再也不曾見過烏鴉們聚集了。

歐布從朝會回來。

「嘎！我回來了。」

歐布說完吃了飼料後，就不停說著烏鴉的語言。達爾辛很認真地模仿歐布說話，布莉姬阿姨看了笑著說：「好棒！王子您學得就跟烏鴉一模一樣。」

「好棒！好棒！」歐布大叫著。

布莉姬發現自己不經意說出失禮的話，急忙用手摀著嘴巴說：「對不起！我不是那樣的意思。」

「沒關係，我一點兒都不在意。我知道自己的綽號是烏鴉，對吧？誰叫我有一頭黑髮。從小大家就叫我烏鴉，早就習慣了。」

「我可不曾那樣失禮地稱呼過您喔。」

「我知道。喂，歐布，我的名字是什麼？」

「達爾辛、達爾辛、朋友、好孩子、嘎！」

聽到歐布這樣回答，兩人互看一眼笑了起來。

大多數的凱爾特人不是擁有一頭金髮，就是紅色、淡茶色的頭髮。黑髮是相當罕見的顏色。達爾辛的烏黑長髮就像一塊黑色絲布閃閃發亮，如烏鴉的羽毛般，陽光照射時會反射出深紫色的光芒。達爾辛的眼珠既不是藍色，也不是綠色或茶色，而是彷彿蓋上一層薄薄雲霧，猶如清晨天空般的灰色。

達爾辛的父親康拉王擁有一頭金髮，母親則是美麗的紅髮。儘管有些人會在背地裡談論有關達爾辛的壞話，國王與王妃卻絲毫不掛在心上。凱爾特人的血液裡也流著古遠來自南方國家的遺傳因子，有些人反而認為黑髮象徵吉祥。傳說中擁有黑色頭髮的人能夠獲得戰爭之神摩根的守護。

達爾辛擁有一匹全身黑色的馬兒。黑馬的名字叫做黑閃電，是一匹體型健美的公馬。黑閃電是康拉王送給達爾辛的十二歲生日禮物。

除了達爾辛以外，黑閃電絕不允許任何人騎在牠的背上。只要有人試圖騎在牠的背上，牠就會拚命掙扎。表兄阿尼古就曾經因為被黑閃電摔下馬而破口大罵：「我要把你這個畜牲去勢！」

達爾辛被趕出城堡和首都時，剛達總督下了許多壞心眼的命令。其中一個命令就是不准達爾辛使用馬鞍和馬鐙。如果沒有馬鞍和馬鐙就不能騎在馬上用劍、用槍或用長弓箭，也就是完全被剝奪了騎士的權利。

然而，達爾辛從八歲開始就習慣直接騎在馬背上玩耍。對他來說，少了馬鐙或馬鞍都不成問題。達爾辛非常喜愛馬兒，他總是親自照顧自己的馬兒，從不交由他人之手。打獵完或在馬術的訓練課之後，達爾辛總會在洗澡前或用餐前先打理馬兒。

黑閃電的長鬃毛及馬尾都是黑色的，只有在牠的額頭正中心有著淺灰色的三角形記號。那是與達爾辛的眼珠相同的顏色。布莉姬阿姨第一次看到黑閃電額頭的記號時，驚訝地說：「據說黑馬有第三隻眼，而且三角形象徵騎士精神。這匹馬的主人一定會成為偉大的國王。」

尼薩下士聽到布莉姬說的話，露出不悅的表情。

即使不使用馬鞍和馬鐙，達爾辛只要騎著黑閃電奔馳就能夠與達格中士及哨兵們一起外出獵打山豬或鹿。這多虧剛達總督忘了禁止達爾辛騎馬奔馳。達爾辛騎馬打獵時總是使用長弓箭，並把狩獵用的短劍掛在腰帶上。

歐布也最喜歡狩獵了。不過，令人頭痛的是歐布經常比達格中士的獵犬還要早一步發現獵物。達格中士忍不住抱怨：「這傢伙這樣不公平。」

歐布飛在空中畫了一個大圓圈，叫著通知達爾辛說：「嘎啊！嘎啊！在這裡！嘎啊！」

達格中士朝他的獵犬們大聲吆喝：「喂！別在那邊偷懶，爭氣一點！用鼻子給我追啊！」

當獵物被追趕到射程距離的範圍內時，黑閃電會停在最容易射箭的位置。有時候達爾辛還會跳下馬，走近獵物幾步站著打獵。

成功打倒獵物後，大家會向狩獵之神、大地之神祈禱以表達感謝之意。他們會當場取出獵物的內臟，並把心臟、腎臟及肝臟帶回家。不過達爾辛會當場把一部分的肝臟分給歐布吃。等回到家中，再把一部分的骨頭、頭顱及腿部分給獵犬吃。歐布在打倒獵物的地點獨自享用分到的內臟，吃到滿足後，牠總會飛到空中呼喚牠的同伴。

「嘎！嘎啊！嘎啊！吃飯囉！」

等到人類、馬及獵犬全都離開後，其他烏鴉會飛下來啄食剩下的佳餚。烏鴉們也最喜歡狩獵了。

隨著平時一同外出狩獵，一同接受武術訓練，達爾辛、達格中士及哨兵們之間所萌生的同伴意識一天比一天強。除了尼薩下士之外，所有哨兵都對達爾辛忠心耿耿。

尼薩下士把這樣的情形報告給剛達總督聽，而剛達總督聽完後，非常地生氣。

在剛達總督眼裡，達爾辛是個囚犯，也因此才將他流放到遠處。如今達爾辛卻過得自在逍遙。然而就算再派遣其他哨兵，相信最後還是會得到一樣的結果。

剛達總督苦惱著不知該如何處理達爾辛。

◊ 黑閃電

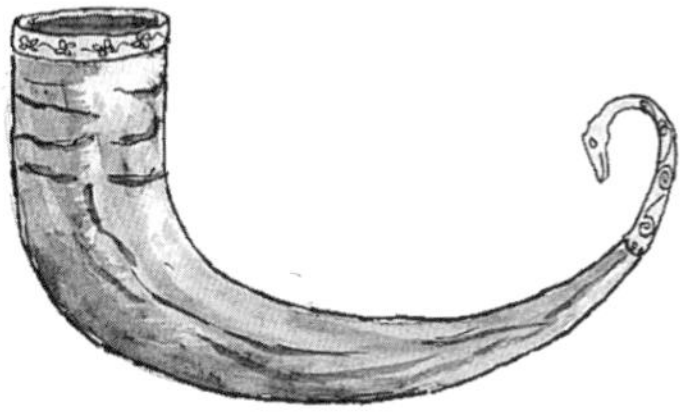

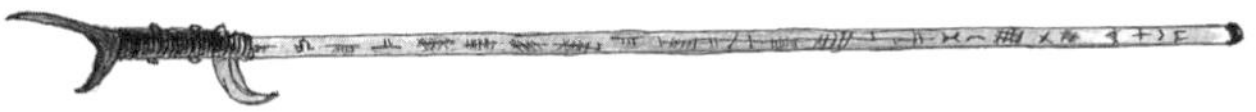

Chapter 3
歸來的船艦

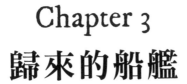

康拉王率領艦隊出征過了一年又數個月後的初冬，有一艘船艦從北海歸來。這艘船艦的風帆東補一塊西補一塊，船身千瘡百孔，船上只剩下十九名船員，甚至有的船員在戰場上受了傷，至今都尚未痊癒。剛達總督得知船艦歸來的消息後，下令要船艦停在海上不准靠岸。船員們雖然希望早一刻交出康拉王的親筆信，並和家人團聚，但也不得不遵從命令。

到了晚上，船艦獲准駛入港口。船艦收起風帆，拋下船錨後，立刻遭到隔離。港口派駐了許多士兵，在四十名護衛的包圍下，船員們坐上馬車被帶進城堡內。

這天晚上，城堡裡舉辦了晚宴。出席宴會的人除了船員們之外，其他都是剛達總督的心腹。宮廷樂團和說書人都沒來參加宴會。面對度過漫長航程、疲憊不堪的船員們，總督雖然有表達形式上的歡迎之意，但所有船員的心裡都納悶著，為何總督沒有邀請他們的親人或好

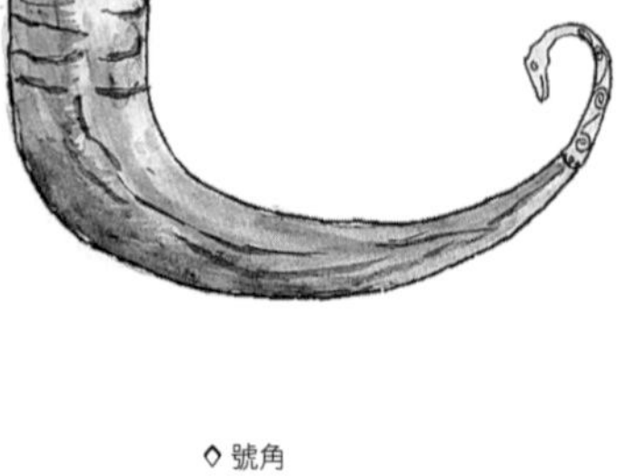

◊ 號角

友來參加宴會。

戰火中要派回一艘船艦是一件相當不容易的事。船身上殘留的明顯修補痕跡足以說明戰況劇烈的程度。

剛達總督讓船長坐在面對自己的座位，一面邀飲葡萄酒及蜂蜜酒，一面提了許多問題。船長一一詳細地回答問題。

「那是一場慘烈的戰役。我軍勢如破竹，不斷攻陷海盜的島嶼基地。康拉王率領的艦隊不但戰術高超，還擁有優秀的士兵。不過，敵方的薩斯納克人相當勇猛，他們奮力抵抗。除了在戰役中受傷倒地的十三人之外，沒有人成為我方的俘虜。其他薩斯納克人全都在船艦上被殺死了。康拉王下令照顧受傷的俘虜，並在他們康復後，讓俘虜手舉白旗平安返回敵方。」

聽完船長的話，剛達總督拍打桌面斥罵道：「太愚蠢的行為了！」

「閣下，不是這樣的。」船長繼續說，「在這些俘虜當中，有三位貴族出身的年輕人。說是年輕人，其實他們都不過是小孩子罷了。國王殿下向他們說明我方不得不打仗的理由，並讚許俘虜們的勇氣可嘉。薩斯納克人非常重視士兵的名譽，相信那些俘虜一定會將康拉王的話傳達給薩斯納克國的國王知道。」

「好了！還有什麼其他的？」

「是。我軍擊沉多艘敵方的龍之船，並奪下五艘船。龍之船比我方的船艦還要小又輕，不過操作起來卻很方便，速度也相當快。龍之船很容易整修，又能夠乘浪而行，是用來襲擊的最佳武器。我方的損失也相當慘重，有無數士兵陣亡。不過，距離勝利就只差一步了，所以……。」

剛達總督打斷船長的話，向旁邊的士兵詢問：「你們在佔領的島上有沒有看見家畜？」

剛達總督的興趣似乎轉向新領土的島嶼上。

「是。家畜的數量雖然不多，不過我們有看見小型紅色的牛。紅牛的毛髮和牛角都很長，而且不怕寒冷。」

「還有呢？」

「還有黑色的羊。也有看見小型不怕寒冷的馬。在更北邊的島嶼上還有看到過麋鹿。」

「你們也把北方島嶼上的敵人趕走了嗎？」

「是。那是薩斯納克族最北邊的基地。我們成功佔領這個基地後，救出三十四名沙克列人的女奴隸，其中有二十人已經回到她們的部落裡去了。」

「等等，沙克列？沒聽過這樣的國家。他們是什麼樣的民族？」

「在薩斯納克語裡，沙克列是指海鳥的意思。他們是遙遠北方國家的民族。這個民族分為各種族群，包括有海豹族、海象族、麋鹿族、鯨魚族。

薩斯納克族的海盜第一次看見沙克列人時，沙克列族的男子們正乘坐在他們獨有的小船上。他們的小船小而細長，只能夠供一人乘坐。只要用兩手划槳，小船就能夠迅速前進。沙克列人稱這種小船為獨木舟，據說是男人船的意思。薩斯納克人最初從海上遠遠望見乘坐獨木舟的沙克列人時，還以為他們是水鳥裡的阿比鳥或海烏鴉。或許這是因為他們認為被冰雪包圍的北國裡不可能有人類存活吧。我想他們應該是感到很驚訝。

言歸正傳，其餘十四名的沙克列女子則留下來和我們一起生活。當然了，這是她們自己選擇的路。除了她們之外，還有幾個小孩也一起留下。因為有她們教導我方的年輕人如何捕捉海豹和海象，所以我們不用擔心吃不到肉。不僅如此，她們還非常擅長把野生動物的毛皮，尤其是海豹或麋鹿的毛皮縫製成衣物。在北國那樣寒冷的地方，毛皮可真是非常保暖好用。自從我軍讓沙克列族的女奴隸們回到部落後，沙克列族逐漸敞開心房並願意相信我們。所有沙克列人都非常憎恨薩斯納克族的海盜。」

「哼！和他們打交情又得不到什麼好處！」阿尼古插嘴說。

船長放下酒杯說：「得不到好處？沙克列人比任何民族都還熟悉冰雪北國，熟悉北國的海域和河川。他們是非常優秀的獵人。他們擁有在嚴寒環境中生存的能力，冬季裡沙克列人會乘坐狗雪橇到遠處獵捕麋鹿或雪鴨（北極鴨）。他們還會利用冰塊蓋造溫暖的房子。到了夏天，沙列克人會坐上獨木舟，徒手捕捉危險性極高的海象，這需要有很大的勇氣、智慧及力量。他們會的還不只這些。沙克列人會召集數人一起捕捉大型的鯨魚，捕捉到一頭鯨魚足夠供應沙克列族七個部落一整年份的肉和油脂，鯨魚的骨頭會被利用來蓋房子或在夏季搭建帳篷時使用。沙克列人讓我深感敬佩，而我相信康拉王也是一樣。」

不知怎地，剛達總督聽到這裡突然不悅地說：「好了！這個話題已經聽夠了！」

船長接著說：「國王殿下釋放了所有被敵方俘虜的凱爾特族奴隸，也同樣讓其他民族的奴隸恢復自由。他們恢復自由後全都自願加入我國的艦隊。然而我方實在失去太多優秀的士兵，為了終結戰爭，還必須從本國召集一千名士兵和水手。」

「我知道。你帶回來的信裡不也如此提到嗎？信上還要我盡快派遣十艘新的船艦，真是太荒謬了。」

船長十分訝異剛達總督會有如此反應，他拚命想要說服剛達總督。

「閣下，如果沒有新的船艦和士兵，就無法攻陷薩斯納克國最大基地的嵐達。這樣下去我方將遭遇全軍覆沒的命運。」

阿尼古帶著嘲笑語氣說：「出征前早該想到會有這樣的問題了。」

船長因憤怒而滿臉通紅地說：「什麼！這個國家現在能夠如此和平安穩，還不是靠著康拉王和我們的付出！沒有戰爭經驗的人有什麼資格說話！」

「放肆！」阿尼古憤而起身大罵，並將葡萄酒潑向船長。

「阿尼古，你給我坐下！」剛達總督大聲斥罵。

「船長啊，雖然你這麼說，但你有沒有想過國王出征的這段期間是誰在守護這個國家的啊！是誰啊？」

船長是為了請求救援而回國。他腦中浮現康拉王和同伴們的面容，於是強壓住心中的怒火把頭低下。但是，船長的內心裡卻對剛達總督充滿了恨意。

這天深夜，十九名船員被送回船艦上。他們喝了大量的酒，深信到了明天就能夠見到家人、情人和朋友，興奮地唱著歌回到船上。

剛達總督打開皮製的袋子，拿出船長帶回來士兵們寫的信件，以及艦隊裡的說書人書寫有關戰事的長詩，一封封閱讀後隨即丟入火堆任由信件焚燒，其中也包括了康拉王寫給他兒子達爾辛的信件。

在港口，從城堡裡回到船上的十九人正發出鼾聲熟睡著。一整個晚上剛達總督的軍隊不斷在船艦四周巡邏。

破曉前，船上忽然冒出濃濃的黑煙，整艘船轉眼間就被火海吞噬。乘坐小船在四周巡邏監視的士兵完全沒有發出警報。受困的船員為了從熊熊烈火中掙脫，紛紛跳入海中，卻都在海上被長槍及棍棒給殺死。剛達總督盤算著如此一來就能夠抹滅所有康拉王交代的命令。

不過……。

歸來的船員裡有一位名叫達索的船員。他出生在與這個城鎮有一段距離的小漁村裡。在他高大魁梧的外表下，有著一顆善良的心，並且深受大家的喜愛。

達索收養了一名雙親被薩斯納克族殺害，年僅十二歲的沙克列男孩。

船艦著火時是這個男孩最先察覺並通知達索。達索驚慌地叫醒所有人，但整艘船艦早已陷入一片火海。達索不顧自己已被火燒傷，依然抱起男孩往海裡跳。

然而，達索並沒有幸運地活下來。他為了保護男孩，替男孩擋了一記長槍。達索臨死前，把戴在身上的項鍊交給男孩。

男孩眼見一同歸來的同伴一個接一個地被殺害，他以海豹般的身手迅速潛入海中，遠離剛達總督的軍隊。由於男孩在雪地國家裡出生，比起其他凱爾特族的大人，他更不畏懼冰冷的海水。爬上陸地，男孩的身體因為寒冷及驚嚇不由地顫抖起來。男孩過去遇到的凱爾特男人都非常地和善，他不明白為什麼會發生如此恐怖的事情，只能流著眼淚繼續逃亡。男孩只會說一些凱爾特語，除了逃離這個城鎮之外，他無法再思考任何事情。

幾乎每天晚上阿尼古都會聚集同伴飲酒作樂，酒席上他總是喜歡說別人的壞話，這是他目前唯一的興趣。阿尼古說人壞話的膽子一天比一天大，甚至到後來就連在眾人面前，他也敢批評康拉王且不以為意。

「國王他回不來的！說什麼要讓薩斯納克族永遠無法在凱爾特國的島嶼上恣意橫行，現在知道了吧！康拉王他根本打不贏薩斯納克族。真是個不負責任的傢伙！耗費國家那麼多的金錢，讓那麼多的人民受害，最後還拋棄國家。他現在後悔都來不及了。」

阿尼古的同伴之一說：「可是，如果國王沒有回來的話，應該是由他的兒子達爾辛來繼承王位吧！你和達爾辛的感情向來不好，這樣你的地位不就不保了？」

「開什麼玩笑！你不知道嗎？那傢伙會巫術耶！」

「你說什麼！這是真的嗎？」

「當然是真的！達爾辛他打算借用惡魔的力量，他利用會說人類語言的大烏鴉跟黑暗世界聯繫。而且他還打算殺死我和我父親，那傢伙當我們是他的眼中釘。」

「可是，達爾辛如果真的這麼做，是會被起訴的。這可是大事一件啊！」

「沒錯！應該會被判死刑吧。不過有誰會起訴他呢？達爾辛再怎麼壞，我也不可能那麼做，他畢竟是我的親表弟啊！」

「阿尼古，萬一黑暗世界的大門被開啟，災害會降臨我們國家。這已經不是你們家族之間的事情了。現在不是顧情義的時候，總督和你都有責任要保護這個國家。」

「你說的沒錯，只是……。」

阿尼古故作一副擔心的表情，看了同伴一眼。

「阿尼古，我們是好朋友，就由我們負責把這件事告訴德魯伊（聖人）。這樣你就沒意見了吧。」

「這……可是為了我們國家的安全與未來著想……。」

「你就放心地交給我們處理吧！我們不會提到你和總督的。」

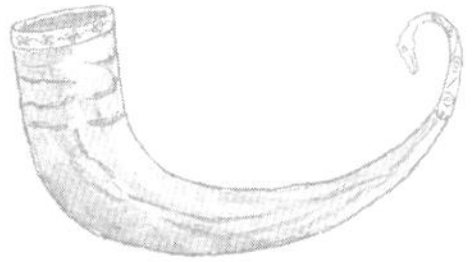

「這樣嗎？德魯伊們就快要完成修行下山來了。」阿尼古忍住笑意，喃喃地說。

「不過，不是應該要有些證據嗎？」另一個同伴說。

「證據？這沒問題。達爾辛身邊有我們的同伴在。」

阿尼古的同伴們並不知道剛達總督早已準備了好幾樣假證據。

阿尼古很久以前就對表弟達爾辛懷恨在心。因為達爾辛害他被取了一個令人厭惡的綽號。

有一天，阿尼古正打算用柴火活活燒死掉入陷阱的老鼠。阿尼古笑著聽老鼠吱吱叫的聲音，此時達爾辛正好路過。

「住手！這樣做太殘忍了！」

「你這個小鬼在說什麼！反正這老鼠是死路一條，我高興怎麼殺就怎麼殺！」

「不對！殺生和享受殺生樂趣是不一樣的！」

「你少在那邊自以為是了！」

阿尼古試圖推倒達爾辛，卻因為達爾辛躲開身子害得他一屁股坐在柴火堆上，不小心燒傷了屁股。阿尼古哀叫的聲音比老鼠還要大，哨兵隨即趕到現場。一名年老的中士大聲笑著說：「原來這次輪到您自己啦。這下您總算知道老鼠、貓咪和小狗的感受了吧！」

阿尼古喜歡惡作劇的個性是眾所皆知的事。

當時年紀只有十二歲的阿尼古，已下定決心一輩子不原諒達爾辛。自從發生這次的事件後，每個人在背地裡都會用「燒焦的屁股」來形容阿尼古。儘管現在誰也不敢在阿尼古面前這樣叫他，不過鎮上所有的人都知道他的綽號。誰叫壞話它總是會長出雙腳到處亂跑呢。

Chapter 4
囚犯王子

除了煮飯用的鍋子之外，布莉姬阿姨還有一只用來熬藥的鍋子。這只黑鐵做成的鍋子鍋底下有三隻腳，周圍畫有各式各樣的圖案。上面有森林裡的動物、鳥兒、槲寄生的果實、花朵、樹葉，還有森林之神以及祂的兄弟——龍，這是一只非常古老的鍋子。達爾辛第一次看見這只鍋子時，他向布莉姬阿姨問道：「好特別的鍋子喔。上面畫了這麼多細緻的圖案，有什麼含意嗎？」

「明眼人一看就知道其中的含意。一千年前我們的祖先越過海洋來到這個凱爾特的島嶼。那時我們的祖先受到從大陸東方來的多數敵人攻擊，這些敵人的國家在山的另一頭，那裡的樹木全都遭到砍伐，沒了綠地也沒了水，乾旱不斷加劇，稻田和牧草原都變成沙漠，家畜和人類就好像晚夏裡的蒼蠅一樣乾枯死去。

敵人們飼養了許多的牛、馬、綿羊及山羊，數量比人口還要多的家畜就是他們的財產。失去大自然之後，他們為了養活自己與家畜，不得不捨棄家鄉進行大規模的遷移。我們住在敵人隔壁的祖先也因此被迫放棄土地，橫越海洋。」

◇門把

「可是我們現在不也飼養了很多家畜嗎？」

「那時家畜的數量之多，不是現在能夠相比的。」布莉姬阿姨繼續說，「他們是一個家族飼養數百頭家畜，這麼多的動物一起遷移，他們的山羊會爬到綠樹上吃葉子，甚至連樹皮都吃，綠地轉眼間就不見了。總之，那麼多的人類和家畜從土地寬廣的國家遷移到山谷裡的狹窄小國，您能夠想像山谷裡的牧草原、稻田還有樹林會變成怎樣嗎？」

達爾辛點了點頭。

「雖然我們也有飼養家畜，但不會多到破壞大自然，而且我們非常愛護森林。他們的國家住著一位令人害怕的神，不管是老人還是小孩，只要有人不崇拜祂就會立刻被殺死。」

「怎麼可能？我絕對不相信！」達爾辛說。

布莉姬阿姨感傷地嘆了一口氣說：「那時也有很多人這麼想，不過他們都在戰場上喪命，他們的家人不是同樣被殺害，就是被當成奴隸。」

布莉姬把一千年前的故事形容得好像昨天才發生，達爾辛的眼底清楚映出感傷祖先所受痛苦的心情。

談話結束後，布莉姬和達爾辛雙雙沉默不語，房子裡一片寂靜。

黑貓莫可走進廚房，「喵」的一聲提醒了布莉姬，布莉姬拍了拍手掌說：「工作！工作！」

話一說完，便往煮飯的地方走去。

「布莉姬阿姨，妳還沒告訴我這只鍋子怎麼來的？」

「喔，這鍋子是我祖母傳承給我的。這是相當古老的鐵鍋，它的形狀和一千年前用黃金做成的鍋子一模一樣。從前黃金做成的鍋子是國王墳墓裡的供奉品，那時國王特別允許人們仿造黃金鍋子的形狀，我們的祖先來到這個島國後才把它做成鐵鍋。在當時，都是用這種鐵鍋來熬藥。」

「如果這是用黃金做成的該有多好。」達爾辛笑著說。

「沒錯，因為黃金不會生鏽。不過長時間熬煮東西還是用鐵鍋比較好，忘了熄火時才不會像黃金一樣融化掉。」布莉姬也笑著說。「再說，像我這樣的老太婆如果拿著黃金做成的鍋子，小偷們恐怕馬上會來光顧吧。好了，

◇ 布莉姬阿姨的鐵鍋

您不是應該要上課嗎？不趕快去的話，達格那老頭子又會跑來廚房找您，我可不希望他來礙手礙腳啊。」

自從知道鐵鍋的存在之後，達爾辛開始對布莉姬的煉藥產生興趣。每次布莉姬要上山尋找藥材時，達爾辛總是跟在她身邊。達爾辛學習到許多知識，他知道有些樹木可成為藥材，有些樹木不行，能夠當成藥材的還包括苔蘚植物、菇類、各式各樣的根莖、植物的瘤體及蜘蛛網。

房子裡除了有廚房之外，還有一間後廚房。後廚房是用來清洗蔬菜上的泥土或宰割獵物的地方，布莉姬會把上山採集到的藥草或菇類懸掛在這裡。布莉姬說只要用得恰到好處，劇毒也能夠成為救命的良藥。布莉姬從不會在廚房煉藥，也不會把用在料理上面的藥草和藥品擺在一起。

看到達爾辛開始對使用藥草的古老療法產生興趣，布莉姬不確定是否能夠把古老療法傳授給像達爾辛這樣的年輕人，於是決定詢問住在當地的德魯伊的意見。

「王子有心想要瞭解山，瞭解森林是一件好事。」德魯伊回答。

「不過，我們並不允許王子把古老療法隨便告訴別人。」

「達爾辛王子不是那樣的人。」布莉姬說。

「是嗎？王子他不是有跟哨兵們一起用山葡萄或野生蘋果來釀酒嗎？」

「咦？是誰說的？」

「誰說的？是烏鴉啊！不過，這無所謂，又不是很大量的酒，這點酒就隨他們釀吧。」德魯伊笑著說。

從這時候開始，達爾辛便開始認真學習如何使用藥草。

有一天傍晚，布莉姬正在用老鐵鍋熬煮已晾乾的菇類，她打算熬成能夠治百病的菇類菁華。布莉姬用大大的木頭湯匙一邊攪拌，一邊唱著像詩歌般的歌曲。

「布莉姬阿姨，妳在唱祈禱的歌嗎？」

過了好久布莉姬都沒有回答，她把沉重的鍋子從火爐上放下來，並闔上木製鍋蓋。

「這樣就可以了。明天再裝進玻璃瓶拿去費歐娜婆婆那裡。」

「布莉姬阿姨，妳剛剛是在祈禱嗎？」達爾辛再問了一次。

「祈禱？也不算是吧。熬藥的時候要一邊安靜聆聽火的聲音、熱湯的聲音，一邊緩慢地攪拌。一邊計算著跟人類世界有些不同的時間，一邊回想盛夏時的月圓之夜，用心慢慢地熬煮。」

◊ 布莉姬阿姨的廚房

「妳果然是在進行祈禱的儀式。」

布莉姬微笑著說：「不是的。我們凱爾特族向來都很保護森林和山裡的祕密，從不曾把自然界的知識化成文字寫下來。剛剛那只不過是首詩歌罷了。吟唱詩歌的時候只要一邊回想採集菇類時的情景，一邊注意灰燼和火焰的大小，就能夠算準熬煮的時間。」

「請妳教我唱！」

「不行，這種詩歌必須從八歲就開始學唱，這是規定。如果沒有從八歲開始學唱二十年的時間，就沒辦法用身體去記憶所有的詩歌。達爾辛王子，您現在學太慢了。」

達爾辛打從心底感到訝異。

原來布莉姬是位聖人，她不是只負責煮飯的阿姨，而是凱爾特族最為尊敬的德魯伊。達爾辛向後退了一步，向布莉姬深深鞠躬。

「布莉姬阿姨，不，布莉姬大人，請您原諒我過去失禮之處。原來您是橡樹的賢者，是一位聖人。對不起，我一點兒都不知情。」

「請您別這樣。雖然我確實有在山上和森林裡修行了二十年，但後來我愛上了一名男子，為了和他在一起於是下了山。現在的我只是一個為人母親、過著平凡日子的普通女人，請您不要誤解才好。除了煉藥之外，我什麼都不做。我只是一個很普通的阿姨，這件事請您千萬別告訴任何人。」

達爾辛再次鞠躬並說：「我明白了。」

到了隔天的下午，達爾辛吃完飯後，便和達格中士一起把新的羽毛裝在自己的弓箭上。達爾辛向達格中士詢問：「達格，你知不知道布莉姬以前的事，就是她結婚前的事？」

達格選了一支筆直的老鷹羽毛，用刀子把羽毛的根部切成兩半。

「我不懂您的意思。」

「就是她不是普通的女性，她是……。」

「噓！」

達格中士站起來巡視四周，確定沒人之後，他才又坐回被截斷的樹幹上，細心地切割原本手上的那支羽毛。達格中士再巡視四周一次，然後說：「布莉姬是卡斯巴的女兒。」

達爾辛嚇了一跳。卡斯巴是城堡裡最受父親康拉王信任的說書人，他是被稱為德魯伊的聖人。

「不可以跟任何人說，知道嗎？」

達爾辛只能把眼睛瞪得像貓頭鷹的眼睛一樣大。

在橡樹的賢者德魯伊當中，卡斯巴是非常受人尊敬的德魯伊。

布莉姬的父親是如此偉大的聖人？她怎麼會在如此窮鄉僻壤裡當起軍隊的廚師呢？

「所以您是受到保護的，只是您並不知情而已。不過，絕對不可以因此就掉以輕心，在這裡隨時都必須防範隔牆有耳。」

達格中士說的一點兒都沒錯，尼薩下士就躲在一旁偷聽著他們的對話。

過了一個月後，剛達總督手下的三十名騎兵和他的兒子阿尼古半夜裡出現在達爾辛的家門前，此時尼薩下士已在門口等候。平時吝嗇的尼薩下士在這天傍晚竟拿出香醇可口的烈酒招待他的哨兵同伴們，所以當阿尼古和騎兵們到達時，五名哨兵早已經發出鼾聲熟睡著。

布莉姬是被黑貓莫可給吵醒的，達爾辛和達格中士則是在沉重的大門被打開時，聽見黑閃電的馬嘶聲而醒來。兩人急忙穿上褲子和靴子，抓起長劍靜待黑暗中的敵人。

當騎兵們用斧頭破門而入，達格中士和達爾辛起身準備迎戰。一場激烈的拚鬥隨即展開，剛開始達爾辛和達格中士並肩作戰，當他一看見敵人身後的阿尼古，便大聲喊叫道：「FIFAR！阿尼古，FIFAR！」

FIFAR是凱爾特古語中挑戰一對一決鬥的意思，雖然法律規定必須年滿十八歲才能夠挑戰決鬥，但達爾辛的魄力驚人，不禁讓人忘了有這樣的規定。儘管騎兵們是剛達總督的忠心手下，但畢竟是凱爾特人，他們不自覺地放下手中的劍，用人牆做成一個圓圈將達爾辛和阿尼古兩人包圍。

「達爾辛王子！求求您別這樣，請讓我這個老頭來代勞。阿尼古，你這個叛徒，等著受死吧！」

「不！達格等一下，這場決鬥是早已註定好的宿命。阿尼古，接招吧！」

達爾辛和阿尼古展開劇烈的打鬥，兩人身上都受了多處的傷，達爾辛見機舉劍刺向阿尼古的喉嚨但被阿尼古躲過，不過長劍還是在阿尼古的額頭上留下又深又長的傷口，他胸前的鎧甲被鮮血染成紅色。

「王子！再刺一次！」

在達格中士大聲喊叫的同時，躲在背後的尼薩下士用粗大的槍柄重重地往達爾辛的後腦勺一敲，達爾辛當場昏倒在地。達格中士感到憤怒不已，用他沉重的長劍一刀砍下尼薩下士的頭顱。達格中士試圖奔向達爾辛身旁，卻被騎兵們給包圍，五名哨兵醒來後也急忙趕到，但是他們也都全死在騎兵手上。

布莉姬也拿著長矛斧頭像為了保護小老虎的母老虎一般勇敢對抗，看見布莉姬的模樣，滿身是傷的阿尼古大聲喊叫：「她是魔女，給我殺了她！」

◇長矛斧頭

布莉姬大聲的怒吼：「你們這群愚蠢的剛達走狗，將來一定會後悔的！」

達格中士雖然身負重傷，仍然使出全身的力氣在布莉姬身邊奮戰。不知被誰灑倒在地的油突然著火，屋子裡轉眼間就被黑煙及火焰吞噬，士兵們受不了高溫的折磨，紛紛往中庭退去。

「阿尼古閣下，裡面的人應該已經死了，我們趕緊離開吧！」

黑閃電踢開馬廄的門，朝黑暗中狂奔而去。

昏倒在地的達爾辛被銬上枷鎖，像一頭準備帶到市場兜售的小牛般被丟上馬車。

達格中士和布莉姬並沒有死。

廚房後面有一間石塊搭蓋的儲藏室，這個小房間的地板下方有一條祕密通道。布莉姬在佈滿黑煙的屋內拖動著身負重傷、幾乎快要暈厥過去的達格中士，她挪開沉重的石塊地板將達格中士拖進地下道後，自己也跟著進去，最後闔上石塊。

這條地下道通往附近的河岸，通道出口被蘆葦和柳樹遮蔽，出口處還藏有一艘小船及船槳。

布莉姬下定決心無論如何都要把今晚發生的事情告訴康拉王，但為了告訴康拉王就不能失去達格中士。達格中士低聲呻吟，困難地呼吸著。布莉姬把達格如熊般的身軀放在小船上，開始划動小船。

太陽初昇之際，阿尼古和騎兵們正在路旁休憩。

被放在馬車上的達爾辛醒了過來，他試圖挺起滿是傷口及瘀青的身子。

達爾辛頭痛欲裂且口渴不已，但不管身體多麼地疼痛都比不上被阿尼古抓住的痛苦。達爾辛以乾澀的聲音向看守他的一名士兵問道：「拜託你告訴我達格跟六名哨兵後來怎麼了？」

「全都死了，連那個魔女也死了。」

「布莉姬？你們連她都殺死了？」

「沒錯，那房子後來起火，除了我們之外沒有任何人逃出來。話說回來，那魔女還真是厲害啊！她害我們好幾名同伴受傷，幸虧大火幫了我們。」

「可惡！我絕對不會原諒你們，我會報仇的！」

達爾辛揚聲大叫後，聽見耳熟的聲音從附近的樹上傳來。

「達爾辛、朋友、燒焦的屁股阿尼古、壞人、燒焦的屁股、笨蛋。」

那是大烏鴉歐布的聲音。士兵們見狀拉起弓箭射箭，但歐布矯捷地從樹上飛走。

阿尼古大聲吆喝說：「你們這群懶蟲還不準備出發！出發了！」

通往鎮上的道路巔簸不平，每當馬車嘎嘎作響地晃動，達爾辛的身體就會因此疼痛不堪。在這段痛苦的路程上，達爾辛未曾呻吟過。

一路上，大烏鴉歐布一直在馬車和騎兵們的上空高飛盤旋。

「嘎啊、嘎啊、達爾辛、朋友、燒焦的屁股、壞人、小偷、笨蛋、笨蛋、嘎、嘎、嘎、燒焦的屁股、笨蛋、笨蛋。」

沿途的居民聽見吵鬧的聲音紛紛走了出來，看到了因聽見烏鴉的叫聲而大笑的路人，阿尼古吆喝說：「給我打下那隻烏鴉！你們覺得好笑嗎？當心我把你們的頭顱都砍下來，再把你們的眼珠子餵給烏鴉吃！」

無論阿尼古如何大聲吆喝，箭矢總是無法射中歐布，每射一次箭，歐布和人們的喧鬧聲也就跟著越大聲。

馬車終於抵達鎮上，來到了城堡內。

達爾辛身上銬著枷鎖被帶到剛達總督的面前，剛達拍了拍手掌，臉上帶著陰沉的笑容迎向達爾辛。

「終於抓到這傢伙啦，做得好！其餘的人呢？」

剛達的兒子阿尼古回答：「全都死了。我們這邊也失去了九名士兵，這裡還有受傷的士兵，包括我自己在內，有許多士兵都被這個囚犯給刺傷。」

剛達總督注視著外甥達爾辛說：「聽說你用巫術和黑暗世界聯繫，而且還跟魔女狼狽為奸打算陷害我們，我在這裡宣判達爾辛將接受火刑處置。」

「胡說！你胡說！」

剛達總督不理會達爾辛的喊叫，以手勢示意要軍隊帶走達爾辛。

阿尼古邊笑邊說：「明天一早就執行死刑！我會準備好足夠的乾柴。達爾辛，你等著下地獄吧！」

此時，突然有人大聲地說：「等一下！」

所有人回頭一看，瞧見大廳口站了一位身材高大、留著鬍鬚的白髮老人。老人右手拿著形狀怪異的棍子，肩上披著皮袋和古琴，腰帶上掛著銀鐮刀以及用黑曜石製成的小刀，他是一位剛剛完成修行下山來的德魯伊。

「是誰？」剛達總督驚訝地問。

德魯伊沉穩有力地回答：「問我是誰做什麼？我是德魯伊的一人，打從你出生時我就認識你了，剛達。」

剛達總督臉上頓時失去血色，他站起身子說：「拉格達大人！您不是遠渡海洋到南方的國家去了嗎？」

「半年前我就回到這個可憐的國家了，我從山裡的風聲、河川和鳥兒們那裡聽到很多奇奇怪怪的謠言。」

聖人拉格達用他如同老鷹般銳利的眼神環視四周一遍。

「謠言果然沒錯，這裡盡是一些喪失良心的人們，你們的腦袋瓜裡究竟裝了些什麼？趁國王不在的時候，你們真以為可以隨隨便便抓住王子殺死他嗎？再說，王子才十六歲，你們以為我們德魯伊會這麼袖手旁觀嗎？你們以為眾神會假裝看不見嗎？還是你們已經做好遭天譴的準備呢？說說看啊！眾神正在聽呢！」

剛達總督畏怯地說：「達爾辛把自己的靈魂賣給惡魔，他已經不是從前的王子了。他是從黑暗世界裡走出來的惡鬼，如果不處決他的話，恐怖的災難將降臨這個國家。」

聖人拉格達舉起手中的棍子比著剛達總督的胸口說：「我們德魯伊雖然隱身在山中，但我們的心、我們的靈魂無時無地都在注視著凱爾特國。王子來到這個世上時我也在場，我透過幫王妃助產的布莉姬看見王子，布莉姬就是我的眼睛。王子的名字也是我取的，達爾辛代表橡樹之心的意思。你們說的全都是謊言，別想逃過我的眼睛。」

聚集在城堡裡的人群開始騷動起來，大家低聲談論著。

拉格達緩緩走向前，群眾安靜地讓出一條路。拉格達站在剛達總督和達爾辛中間把長棍子頂端的銀龍首指向軍隊，所有士兵默默地往後退。接著，拉格達握住棍子正中間緩緩舉高到他的頭頂上方，城堡的天花板傳來宏亮的聲音。

「偉大的神啊！請引導我們！」

忽然間遠處的山頭轟隆轟隆地傳來雷聲，一陣寒風吹進大廳。

阿尼古驚慌失措地抱著頭打算逃跑時，拉格達用低沉的聲音說：「這個城堡裡確實有惡魔存在。」

拉格達一個接一個地注視周圍人們的臉孔，最後他把臉朝向達爾辛說：

「達爾辛，你相信有惡魔存在嗎？」

達爾辛點頭說道：「我相信有惡魔存在。不過，就算有黑暗世界存在，我寧願選擇往明亮的地方去。我是國王之子，並不是惡魔的小孩。」

「那你相信神的存在嗎？」

「是的。」

「你看得見神嗎？」

「就算我的眼睛看不見，但我相信神，也感覺得到神的存在。」

「那麼，神存在何方呢？」

「神存在所有的生物中，所有美麗、有力量的東西裡，風、大海、山、瀑布、樹木……神無所不在。雖然我還年輕不是很了解神，但是我感覺得到神擁有一些比人類更具力量、更美麗，而且更具威嚴的東西。」

「你聽得見神的聲音嗎？」

達爾辛搖頭回答：「我聽不見神的聲音。」

「原來如此。你飼養的大烏鴉會說人類的語言，那是惡魔的語言嗎？」

達爾辛模仿歐布的聲音說：「嘎啊！燒焦的屁股、大笨蛋、騙子、嘎

啊！」

大廳裡傳來小小的竊笑聲，剛達總督和阿尼古臉上露出不悅的表情。

拉格達用棍子敲打地板問：「那是惡魔的語言嗎？」

「這是模仿人類的語言。大烏鴉是鳥類中最聰明的鳥，大烏鴉的腦部也比其他鳥類還要大。歐布不但會模仿人類還會學其他鳥類或動物的聲音，牠既不是惡魔也不是神，雖然有時候牠說的話都是真的……。」

拉格達緩緩點了點頭並用棍子敲打地板三次，然後面向人群說：「所有人仔細聽好！剛達總督有義務裁決人類所犯的罪，不過觸犯神明的罪則是由我們德魯伊來裁決，只是我對王子有感情和回憶，對我來說他是個可愛的小孩，這恐怕會讓我無法有正確的判斷，所以……。」

拉格達高高舉起棍子，閉著眼睛用古語靜靜地祈禱。拉格達祈禱完再度注視著達爾辛說：「達爾辛，你確實是國王之子沒錯，凱爾特國的未來或許就在你的手中，只是這個未來如果潛藏著惡魔的氣息，那勢必會發生無可挽救的災難。你剛剛說的沒錯，神確實存在於自然界，所以就交給大自然和神來決定吧。達爾辛，德魯伊決定將你流放到大自然。」

達爾辛感覺胸口像是結了冰一樣。自古以來就有被德魯伊流放的刑罰，被流放的人如果無法獲得三位地位最高的德魯伊聖人的認同，就必須與人類的社會完全隔絕。

拉格達心裡默默地念著，現在的你根本無法對抗邪惡的力量，你必須熬過這次考驗去抓住你所說有力量、美麗又有威嚴的東西。

然而，飽受打擊的達爾辛根本無法體會拉格達的用心。

拉格達大聲道出一項又一項流放的規定。

◇凱爾特的圖騰

Chapter 5
野放生活

「禁止與其他人類說話。」

「禁止用人類的語言說話、唱歌。」

「禁止擁有鐵、銅、青銅、金、銀。」

「禁止擁有劍、弓箭、戰爭用的長槍。」

「禁止吃麵包。」

「禁止喝蜂蜜酒、葡萄酒、啤酒。」

「禁止穿著人類編的、縫的、織的衣物。」

「禁止騎馬。」

「禁止乘坐有輪子的車子。」

「禁止睡在房子裡。」

被流放的人等於必須與人類社會隔絕，過著野蠻原始的生活。當然，被流放的人同樣必須遵守凱爾特國的法律。

被流放的人不得從人類的田地或果樹上偷拿食物，也不得自己耕田，被流放的人只能和山上或森林裡的野生動物過著同樣的生活。

城堡的大廳裡變得鴉雀無聲，聖人拉格達壓低聲音問達爾辛：「還有兩個小時就天黑了，你知道要睡哪裡嗎？」

◊ 黑草莓

達爾辛搖了搖頭。

「把枷鎖取下來！」

在拉格達的命令下，剛達總督的軍隊解開達爾辛身上的枷鎖。

「達爾辛，脫掉你身上的衣服和鞋子離開這裡吧。從這一刻開始，你將為神所擁有。」

拉格達一邊注視著達爾辛的眼睛，一邊用震撼整個大廳的音量大聲說：「誰都不准傷害達爾辛！如果有人破壞規矩的話，那個人的名字將從凱爾特的世界消失，並且永遠留在黑暗的世界裡。所有人都聽清楚了嗎？」

拉格達把視線移向剛達總督，剛達點頭表示回答。

達爾辛全身赤裸地站在人群面前，他心中充滿了悲傷與羞恥的情緒。阿尼古看見達爾辛這副模樣忍不住笑了起來，但被聖人拉格達瞪了一眼後也就不敢再笑了。其他人因為顧及達爾辛的感受，紛紛別過頭刻意不看他。

「達爾辛，你仔細聽著，你已經擺脫人類生活的枷鎖自由了，現在的你是大自然的孩子。接下來的日子你要用心去看你的野生兄弟們，仔細去聽他們說的話，並且尊重他們。你聽！城堡外的新兄弟們正在等著你呢！」

達爾辛抬起頭來，努力想在臉上擠出笑容。

「只要兩年的時間，你十八歲生日的前一天再回到這個城堡裡來吧。」

「如果還活著的話……。」剛達總督低聲自語。

全身赤裸的達爾辛以急快的腳步離開城鎮。到了日落時分，達爾辛步伐闌珊地走在鄉間小道上，他不知道自己應該往哪裡去。路上除了達爾辛之外，不見任何人煙。達爾辛坐在石頭上眼淚不停地流下來，此時，歐布從遠處飛來並停在附近的樹枝上。

「嘎！達爾辛、朋友、吃飯、吃飯囉！」

達爾辛很自然地想用人類的語言回答，但他想起流放的規定包括禁止使用人類的語言，他便改用烏鴉的叫聲回答歐布：「嘎、嘎、嘎、嘎啊～嘎啦、嘎啦、嘎啦！」

就在附近的黑鶇突然叫著：「唧咿！」

達爾辛循著黑鶇的叫聲望去，隨即發現道路兩旁長了無數顆的紅草莓，紅草莓旁邊帶刺的野草莓莖蔓上結著圓滾滾的黑色果實。達爾辛站起身子，各摘下一顆紅色及黑色的草莓放入口中，酸甜又新鮮的味道讓乾渴的喉嚨及身體重新有了生命力。達爾辛從來就不知道野生的果實竟是如此美味。

「吃飯、肚子餓了、嘎！」

聽到歐布說的話，達爾辛像個小男孩般天真地笑著，並不斷把野草莓往自個兒的嘴裡塞。安撫肚子後，達爾辛走到附近的小河喝水。歐布飛下來停在達爾辛肩上輕柔地咬著他的耳垂，小小聲的咕嚕咕嚕聲從歐布的喉嚨深處傳來。

達爾辛偏離道路走進了森林，飛在他前頭的歐布停在一棵古老的大橡樹上。這棵橡樹有一個小小房間般大小的洞穴，達爾辛採了許多森林裡到處都有的蕨草鋪在洞穴裡，為自己安置了一個睡覺的地方。

晚夏的蕨草散發出來的氣味，讓達爾辛想起黑閃電的馬廄味道，達格中士曾經教過他在馬廄裡鋪上蕨草就不怕有跳蚤。不知道黑閃電逃到哪裡去了？赤裸的達爾辛在森林的古老大橡樹裡低聲啜泣著。

不知從哪裡傳來幾聲「吼～吼～」的貓頭鷹叫聲後，附近隨即傳來狐狸「吱～吱～」的尖銳叫聲，尖銳的叫聲在整片黑暗的森林裡迴盪著。

到了早上，達爾辛走進河邊的水塘用河水清洗臉和身體。河水雖然冰冷，但達爾辛洗去身上的泥土和血跡後，感到分外神清氣爽。達爾辛在河邊做著簡單的運動時，發現一隻細細長長、黑褐色的動物從老柳樹的樹根縫隙滑落水中。那是一隻河獺耶！達爾辛屏氣凝神地注視著河獺。

過了不久後，河獺從水中爬上平坦的石塊，嘴裡還叼著一尾閃耀著金色、銀色及古銅色光芒的鱒魚。鱒魚的肚子裡裝滿了金色的魚卵，看著河獺大口大口地吃著魚卵，達爾辛的肚子突然咕嚕咕嚕地叫了起來。河獺聽見咕嚕咕嚕的奇怪聲響嚇了一跳，急忙跳回水中逃走了，濕滑的石塊上還留著吃剩的鱒魚。

達爾辛緩緩站起並低頭合掌，他在心裡默默地向河神表達感謝之意。達爾辛小的時候每次從河裡或湖裡釣起魚時，他總是不忘祈禱以表示感謝。這是因為聖人拉格達告訴過他如果不這麼做的話，下一次就釣不到魚。現在達爾辛打從心底深深體會到表達感謝的意義。

雖然達爾辛沒有吃生食的習慣，但他學著河獺大快朵頤的模樣以雙手抓著鱒魚，再用牙齒撕咬柔軟的魚肉。達爾辛吃完鱒魚時歐布飛了回來。達爾辛把魚頭和魚骨放在石塊上，把雙手和嘴巴清洗乾淨後用烏鴉的語言叫著：「嘎啊！達爾辛、朋友、吃飯了、嘎啊！」

聽見達爾辛的呼喚後，歐布飛下來啄食鱒魚。歐布歪著頭用牠黑色的眼珠注視達爾辛叫著：「吃飯了、吃飯了、肚子餓了、嘎啊！」

一股笑意竄上達爾辛的心頭，他模仿歐布的動作一邊跳著大烏鴉之舞，一邊大聲發出「嘎、嘎、嘎啊」的叫聲。此時，森林裡突然傳來馬兒的嘶叫聲，一隻全身烏黑的動物從樹叢中出現。達爾辛不由地發出歡呼聲。

「耶！」

黑閃電一邊用前腳拍打地面，以肢體詮釋歡喜之心，一邊緩慢地、一步一步地走近達爾辛。

達爾辛撫摸著黑閃電溫暖似絲綢般的毛髮及長鬃毛，並緊緊抱住牠強壯的頸部。達爾辛吸了一口馬兒身上的乾草氣息，再把自己和著魚腥味的氣息還給黑閃電。

雖然達爾辛恨不得立刻跳上馬背，忘卻自己被流放及所有悲傷、不甘心的遭遇在森林裡盡情奔馳，但是他不能，因為他必須遵守流放的規定。達爾辛堅強地告訴自己「我是康拉王之子，我是聖人拉格達的子弟」。

歐布從樹上飛下來停在黑閃電的背上，瞧見歐布的舉動，達爾辛用拳頭輕搥了一下手掌心。歐布牠一定是了解我的感受，所以才會代替我騎上馬背，能夠這樣我就心滿意足了。

達爾辛在河邊的小瀑布旁坐了好一會兒，他安靜地凝望翡翠色的潭水。潭裡有好幾十尾的鱒魚優游水中，在一旁的魚狗如同箭矢被射出去一般跳入水中，當魚狗再度浮出水面時，牠的嘴裡已經叼著一尾杜父魚了。

就在達爾辛安靜地沉醉於眼前光景時，一頭母鹿帶著小鹿來到他的身邊喝水。當達爾辛回過神來的時候，他的身邊縈繞著鳥兒和青蛙的歌聲，河川也笑了，整個大自然綻放出朝氣蓬勃的生命力。達爾辛有感而發地想著自己身上一絲不掛，手上沒有魚鉤也沒有魚叉，他不能射箭也不能使用長槍，甚至連切割木棍的刀子都不能使用。達爾辛深切地感受到一個全身赤裸的人類，比麻雀或老鼠都還要脆弱許多。

在森林裡歐布可以吃蟲、黑閃電可以吃草，然而達爾辛的食物卻只有榛果、核桃、野草莓、菇類、酸溜溜的虎杖根莖，還有又小又辣的山胡蘿蔔，達爾辛要怎麼活下去呢？

從白天到黑夜，迎接天明又再回到白天、黑夜，一個星期的時間過了。達爾辛天天過著挨餓的日子，他滿腦子想的全是吃的東西。漸漸地達爾辛忘記時間的流逝，發呆的時間多了，他的身體也變得越來越虛弱。不過，達爾辛似乎比從前更能夠感覺到四周的聲音和氣味，到了夜晚他還能夠聽見蝙蝠尖細的叫聲。

每天早上歐布會離開大橡樹，到了傍晚就會回來。黑閃電白天會在森林附近蹓躂，到了夜晚就會回到達爾辛的身邊。

達爾辛白天會帶著黑閃電到附近的河川裡，用綠草或生苔刷洗黑閃電的身體，從河裡走出來後再用帶有香甜氣味的乾草擦拭。

在幾乎不起風的日子裡，森林裡會湧出小小隻的蚊子。對於全身赤裸的達爾辛來說，尤其是在傍晚，面對蚊子簡直猶如身處地獄般的痛苦難熬，黑

閃電也受不了蚊子的叮咬。達爾辛的身體到處被蟲咬傷，臉頰和手腳都變得紅腫不堪，就算跳進冰涼的河水裡也逃不過蟲咬的痛苦。達爾辛最後終於忍不住哀嚎起來。

歐布與黑閃電一塊兒來到達爾辛的身旁，黑閃電一邊發出嘶叫聲，一邊劇烈地擺動牠長長的尾巴和鬃毛。歐布用人類的語言說了三次相同的話。

「嘎啊！山！嘎啊！山！嘎啊！山！」

「對啊！山！」

身上沒有任何遮蔽衣物，也不能生火，人類在這樣的狀況下根本無法生活。應該去有涼風吹拂的高原或山上！有歐布在前方帶路，達爾辛跟隨黑閃電的腳步跑著。

好不容易爬上山脊，清爽的涼風徐徐吹來。山脊上長有許多艾草，達爾辛把艾草的葉子搗碎並塗抹在被蟲咬傷的部位，發癢的感覺總算有些緩和。

環視四周的環境後，達爾辛發現附近的越橘樹上結了許多香甜的果實。他摘下果實，咬了一小口苦澀的魚腥草連同水一起喝下。達爾辛走在野生動物習慣性經過而形成的山徑上，朝著被雲層覆蓋的山頭繼續爬。山中佈滿了

◊ 榛果

霧氣，空氣顯得有些冰冷。

山風吹動著落葉樹，樹枝痛苦地扭曲成不可思議的形狀。四周矮小的山松樹變多了，爬到更高處時，眼前的景象從樹林轉變成長滿石南植物（生長於荒原上的矮樹）的高原。百里香、鼠尾草、有著藍色及紫色小花的歐石南、深紫色的藍莓，高原的空氣裡散發著一股難以言喻的芳香。

達爾辛在霧中跟隨歐布和黑閃電就快爬到山頂時，來到一個到處都是黑色石頭的地方。達爾辛專心看著歐布在山崖上空高興地與風兒嬉戲，一個不小心給黑色石頭絆倒了。

「哎喲！」

達爾辛不禁叫了出來，他抱著腳拚命地想要忍住疼痛。因疼痛而感到氣憤的達爾辛撿起身旁的一塊黑色石頭丟了出去。

「喀鏘！」

石頭裂了開來，裂片散落滿地。歐布立刻飛下了停在黑色石頭上，牠晃動著脖子就好像在點頭一樣。達爾辛撿起一片石頭的裂片看了之後，一下子就忘了腳上的疼痛了。石頭的裂片猶如黑色玻璃般閃閃發光，裂痕的前端就跟剃刀的刀片一樣尖銳，這是黑曜石啊！歐布在石頭上輕巧地跳躍著，牠的喉嚨深處發出像小嬰兒般的笑聲。

凱爾特族習慣用黑曜石來切斷剛出生的嬰兒臍帶，而稱為德魯伊的聖人們也都是使用黑曜石而非鐵做成的刀子。

流放的規定中雖然有禁止使用鐵、銅、青銅，卻沒有規定不能使用黑曜石，只要花點時間一定能夠做成一把好用的刀。雖然流放者被規定不能使用戰爭用的長槍，但這表示可以使用狩獵用的長槍。利用黑曜石就能夠做出用來刺殺獵物的槍頭，也能夠做成斧頭。只要擁有刀子，就不怕得不到生活上所需、各式各樣的東西。

達爾辛立刻動手做起黑曜石的刀子，即使到了晚上氣溫降低，空氣變得十分冰冷，他仍然繼續做著刀子。好不容易做好刀子後，達爾辛依偎著黑閃電在歐石南的樹叢中沉沉睡去。半夜裡，公鹿怒吼的聲音在整片山腰迴盪著。

隔天一大早，達爾辛用強韌的草莖和從黑閃電身上拔取的少許鬃毛編成繩索，並用這條繩索將五把黑曜石做成的刀子綑綁在一起。

同樣在歐布的帶路下，達爾辛繼續踏上旅程。

雲雀在高空中輕快飛舞，好多紫色蝴蝶也飛出來湊熱鬧。當達爾辛經過的時候，雷鳥發出「嘎嘎嘎嘎啊！」的叫聲在歐石南的樹枝上低飛而去。白天裡公鹿也會發出如喇叭聲音般的「咕嚕嚕嚕嚕！」一叫聲，那是陌生的公鹿闖進公鹿的勢力範

◊ 黑曜石做的刀子

圍內時，公鹿發出警告的叫聲。老鷹在空中悠哉恣意地翱翔，受到驚嚇的兔子則會連忙跳進巢穴裡。

達爾辛一邊摘著藍莓，一邊稍作休息。他看見遠處雄壯的公鹿正在看管牠後宮裡的三十頭母鹿，為了不讓母鹿跑遠，公鹿一下東一下西地好不忙碌。其他的公鹿還會經常前來挑釁，喀鏘喀鏘、喀噠喀噠，不時可聽見鹿角碰撞的聲音。

達爾辛心想「有太多老婆還真是辛苦呢」。

從剛剛就一直傳來歐布的叫聲，牠的叫聲似乎變得有些急躁，那是發現獵物時的叫聲。

「奇怪了，一路上看見好幾百頭鹿的時候，歐布也不曾發出這樣的聲音。還是牠發現一隻巨大的山兔呢？」達爾辛納悶地想著歐布怎麼到現在還會發出如此叫聲。

達爾辛緩緩站起身子朝叫聲傳來的池沼走去，慘不忍睹的景象映入他的眼簾。兩頭雄壯的公鹿因為鹿角交纏在一起而無法分開，一支細長如長槍的鹿角尖端刺進了對手公鹿的喉嚨，使得其中一頭公鹿早已斷了氣。雖然公鹿互鬥時，時而會發生鹿角交纏在一起的情形，但達爾辛還是第一次看見活著的公鹿無法擺脫死去的公鹿，吐出長長的舌頭急促呼吸著的慘狀。公鹿飽受恐懼和疲勞的折磨，拚命甩著頭，但終究還是白費力氣一場。

「嘎啊！吃飯了！」

歐布在空中不停吵鬧著。達爾辛拉動死去公鹿的鹿角試圖把兩隻公鹿分開，但活著的公鹿卻極度亢奮地扭動身體。黑閃電誤以為眼前的景象是達爾辛與公鹿在搏鬥，於是發出尖銳的馬嘶聲並用前腳踢打公鹿。

達爾辛雖然想對黑閃電喊出「住手！」的命令口號，但他想起自己被禁止使用人類的語言，於是他走到黑閃電的旁邊，拉住牠的鬃毛予以阻止。歐布依舊吵鬧個不停。達爾辛心想再這樣下去，另一頭公鹿應該也難逃一死吧！雖然有些不忍，但就當作是山神所賞賜的禮物吧！達爾辛下定了決心。

達爾辛選了一把黑曜石的刀子後，朝向已筋疲力盡的公鹿走去。他身手矯捷地跨坐在公鹿的背上，然後以單手抓住鹿角並用尖銳的黑曜石刀割斷公鹿的喉嚨。溫熱的鮮血如噴泉般不斷湧出，達爾辛放開公鹿一邊合掌祈禱，一邊等待著鮮血流乾。歐布也安靜下來。

過了好一會兒，達爾辛取出公鹿的內臟並當場吃了一些心臟及肝臟。

達爾辛感覺到公鹿的活力和生命力不斷地注入自己的身體。達爾辛切下少許內臟分給歐布後，小心地剝下鹿皮並把鹿肉與骨頭分離。雖然花了不少的時間，三把黑曜石的刀子也變得破損不堪，但能夠成功割下四支美麗壯觀的鹿角也值得了。那座山上要多少黑曜石就有多少黑曜石，只要再做成刀子就好了，但鹿角就不同了，這些鹿角能夠做成各式各樣的工具。

分解完成後，達爾辛用鹿皮包住鹿肉、背脂、內臟及舌頭等部位，然後放在黑閃電的背上。流放的規定雖然有不能騎馬，但沒有規定不能放置物品在馬背上。

達爾辛開始尋找今晚的棲身之處，歐布填飽肚子後便飛到高空中，然後又開始吵鬧地叫著。牠的叫聲是在告訴其他烏鴉這裡有食物可吃。

聽到歐布的呼喚後，大烏鴉們陸續聚集在一起。不知道是聽到吵鬧聲，還是聞到鮮血的味道，有一狼群從山的那一頭朝這裡直奔過來。老鷹和狐狸也出現了，達爾辛留下來的公鹿腸子、頭顱及腳掌，都將成為大自然帶給動物們的恩惠。

達爾辛在公鹿搏鬥的地點附近發現一個懸崖下的小洞窟，他把剛剛剝下來的鹿皮、鹿角、背脂、鹿肉及內臟放在洞窟內。為了怕獵物被偷走，達爾辛在獵物上面鋪蓋無數塊的重石頭。因為看見許久不見的食物，達爾辛感覺精神好極了，於是出發去尋找另一種特別的石頭。

夏天接近尾聲的夕陽顯得特別美麗，天空被染上紅色、橙色、桃色及紫羅蘭色的色彩。太陽才開始往下沉，銀白色的月亮就像在追趕著太陽一樣從

另一頭的山頂爬了上來。

在河川寬廣的沙洲上，達爾辛終於找到他想要的石頭——質地堅硬的灰色水晶。雖然裂開來的灰色水晶也能夠做成刀子，但達爾辛的目的並非如此。兩顆灰色水晶互相碰撞時會產生火花，如果能夠與鐵碰撞的話，就更容易產生火花了。然而，依照規定達爾辛並不能使用鐵。灰色水晶是凱爾特族所有家庭的廚房裡必備的打火石，達爾辛反覆碰撞灰色水晶，一邊嗅著碰撞時所產生的獨特味道，一邊回憶起許許多多的往事。

正好在一年前的這個時候，達爾辛和達格中士們也曾經一同外出打獵。現在回想起來，那似乎是塵封已久的往事，達爾辛的腦海中不斷浮現當時發生的種種往事，胸口不禁感到一陣灼熱。

那時達爾辛正在幫忙解剖獵物，一名當地負責在森林帶路的老翁走到達爾辛身邊，突然大聲斥罵：「是誰切割這些肉的？」

「是我。」

達爾辛回答後，邊擦拭沾滿雙手的鮮血，邊站起身子。

「原來是王子啊。您這樣粗魯又馬虎的切割方法，肉塊一下子就會湧出綠蒼蠅的蛆蟲。如果不珍惜好不容易到手的獵物，可是會惹森林之神生氣，這樣祂就不會再賜與恩惠給我們了。」

帶路的老翁如此告訴達爾辛，並仔細地教導他如何切割肉塊。

剛開始達爾辛試著用老翁教他的方式切肉，卻因為油脂造成手滑而切傷手指。

「好痛！我竟然為了這點小事切到手！」達爾辛不甘心地說。

老翁摘來車前草，他把葉子捻碎後敷在達爾辛的傷口上，然後再用柳樹皮輕輕地包紮傷口。

達爾辛回到家中，這回換成布莉姬阿姨教他如何利用各式各樣的辛香料及藥草做出提味的鮮肉料理，或是保存生肉的燻製方法。

正因為達爾辛是康拉王的兒子，所以周遭的人會更嚴格地教育達爾辛。

達爾辛回到洞窟時早已過了日落時分，天色也已經暗了。達爾辛在洞口把乾燥的山柳樹花及乾草搓成球狀，並在球狀物旁邊反覆地敲打打火石。花了一個多小時的時間，達爾辛終於成功把火點起來了。

真是睽違已久的烤肉啊！好久不曾有如此的飽足感了。為了避免生肉腐爛，達爾辛坐在火堆旁不斷把生肉串在棒子上燒烤，他決定明天再把剩下來的肉做成燻肉，於是在火堆裡放入更多的乾柴。為了製作繩索，達爾辛開始用刀子把鹿皮切割成細條狀。兩大張鹿皮除了能夠鋪在地面上使用之外，還

可以利用在各種用途上。

凱爾特族的男子從小就開始學習棉麻、繩索的打結及編織的方法。在製作物品時，繩索是絕對少不了的，而結繩方法或編織方法也會因為使用在不同的物品上而有所差異，要牢記這些結繩或編織的技術是一件很困難的事。因此，男子們為了讓自己更容易記住，他們會替繩索取名字，或把打結的方法唱成一首歌。這麼一來，就算閉上眼睛，只要記得怎麼唱歌，手指頭就會自己動起來。比方說有一首歌是這樣唱的：

你看！小白兔
從樹下的洞穴鑽出來，
繞了樹幹一圈後，
又再鑽回洞穴裡。
你看、你看！輕輕一拉，
圓圈就變成繩子了。

在達格中士耐心的教導下，達爾辛還不到十歲時就已經會背六十種結繩方法的歌曲了。

「王子，繩索這東西啊，不可以隨便編一編就好。如果沒有編好的話，繩索會變得蓬亂，馬兒也會覺得肚子刺刺的不舒服，這樣的馬兒是不會聽主人的話。」

達格中士和達爾辛兩人當時是在製作安定馬鞍的皮帶。用來安定馬鞍的皮帶是使用七條被染成三個顏色的柔軟鹿皮來編織，這個編織方法同樣也有一首歌。

一根七條紅頭髮的兄弟，
藍色跟金色手牽手，
來跳舞，來跳舞，再跳一次。
鑽進去，繞一圈，鑽進去，跑出來，
穿過縫隙，跑到中間，
紅藍金金藍紅金。

達爾辛注視著火堆，一邊回想起每個人的臉孔，一邊在心中默默唱歌。回憶像是不斷湧現的雲朵般，不停地飄過達爾辛的腦海。雖然孤單的感覺讓達爾辛很想哭泣，但他還是忍住淚水繼續切割鹿皮。

即將破曉之際，達爾辛被黑閃電的嘶叫聲給吵醒，他看見灰色的動物露著雪白利牙，發出低沉的吼叫聲，正打算咬黑閃電的腳及腹部。

狼來了！達爾辛急忙跳起身子，抓起身旁的石頭朝洞口丟去。總共有五匹狼圍繞在黑閃電的四周，牠們是聞到昨晚的烤肉味而來。達爾辛丟出去的石頭打中其中一匹狼，黑閃電順勢用後腿大力一踢，把那匹狼踢得遠遠的。那匹狼試圖想要逃跑，但牠的肋骨已斷裂，因而倒臥在附近不得動彈。達爾辛一邊大聲吼叫，一邊朝著其他的狼隻不停地丟石頭。由於黑閃電也開始變得狂暴，狼群只好放棄攻擊，逃之夭夭。

當天早上，達爾辛把切成細條狀的鹿肉，排列在用柳樹枝做成的架子上曬乾。他在架子下方生起小小的火堆，並把新鮮的野生百里香和鼠尾草放入火堆裡焚燒，再利用帶著香味的煙霧來燻肉。達爾辛還利用木灰和沙子把鹿皮搓洗乾淨。

正當達爾辛在河邊作業時，歐布的吵叫聲又再次傳來。達爾辛放下手邊的工作前往一看，他發現昨晚受傷的狼的屍體。那是一匹母狼，母狼的乳房還流著母乳，牠的孩子一定就在某處。雖然覺得母狼很可憐，但對達爾辛來說，狼皮是大自然賜給他的美好恩惠。達爾辛用和剝鹿皮時一樣的方法剝下狼皮，並和鹿皮擺在一起曬乾。由於凱爾特人從來不吃犬科動物，因此達爾辛把狼的屍體拖到山丘上，並剖開狼的肚子好讓其他鳥兒或動物分食。達爾辛放好狼的屍體後，歐布立刻呼喚起牠的同伴。

達爾辛在死去的母狼旁邊站了一會兒後，頓時眼中含滿了淚水。剛剛披上狼皮的時候，傳來一股溫暖的母乳味道，這個味道不小心把達爾辛內心深處的窗口給打開了。

令達爾辛懷念不已的關於母親的回憶，源源不絕地在他的腦海裡湧現：注視達爾辛時的溫柔眼神、如絲綢般柔軟的細長紅髮、美麗的歌聲，還有如山谷小溪般明朗的笑聲……。

忽然間，達爾辛很自然地從內心叫出一聲長長的、悲傷的狼叫聲。

「喔嗚～」

達爾辛的回聲從對面的山頭反射過來，其他方向隨即傳來真正的狼叫聲。「喔嗚……喔嗚～」

達爾辛花了不少時間用狼皮做好一件斗篷，並用鹿皮做成長度從肩膀到大腿的無袖背心及無袖內衣。為了不違反規定，達爾辛並未使用針線，他先在皮革上鑿好一個個小洞，再用切割成細條狀的鹿肌腱替代針線來連接皮革。達爾辛還利用鹿腿脛部位的強韌鹿皮做了簡易型的鞋子。

達爾辛另外做了一個非常重要的工具。

凱爾特族的男孩到了七歲左右都必須和小狗一同看管羊隻，到了小麥或豆類的收割期時，男孩們還必須負責趕走聚集在田裡的鳥兒，即使是國王的兒子也不例外。男孩們為了達成這項趕鳥任務，每天都得練習如何操作皮革做成的投石工具。

凱爾特族稱這個工具為投石繩，細長的皮繩中間有一個用來擺放圓形石子的皮囊。投石繩的操作方法是先把皮繩的一端握在手中，另一端夾在同一隻手的手指間，接著在頭頂上甩動皮繩兩、三圈後，再把手指鬆開就可以拋出石子。比起直接用手臂來丟石子，利用投石繩來丟可以增加三倍的距離和速度。雖然剛開始練習時往往無法丟中目標物，但只要每天勤加練習就能夠有很好的命中率。

達爾辛在十二歲以前，經常會使用投石繩來獵取麻雀或歐椋鳥。男孩子們最喜歡用投石繩抓取獵物後，在田邊用柴火燒烤來吃。男孩子們長大後，即使赴戰場打仗也會帶著投石繩，只要用鉛球來代替石頭，投石繩也能夠成為具有殺傷力的武器。

雖然達爾辛被禁止使用弓箭，但流放的規定裡並沒有提到不能使用投石繩。達爾辛利用前腳部位的鹿皮做了一條投石繩，他從河裡挑出堅硬的圓形石子拚命地練習。自從有了投石繩後，達爾辛外出時總是不忘把裝著石子的皮袋繫在腰際上。

◇ 投石繩

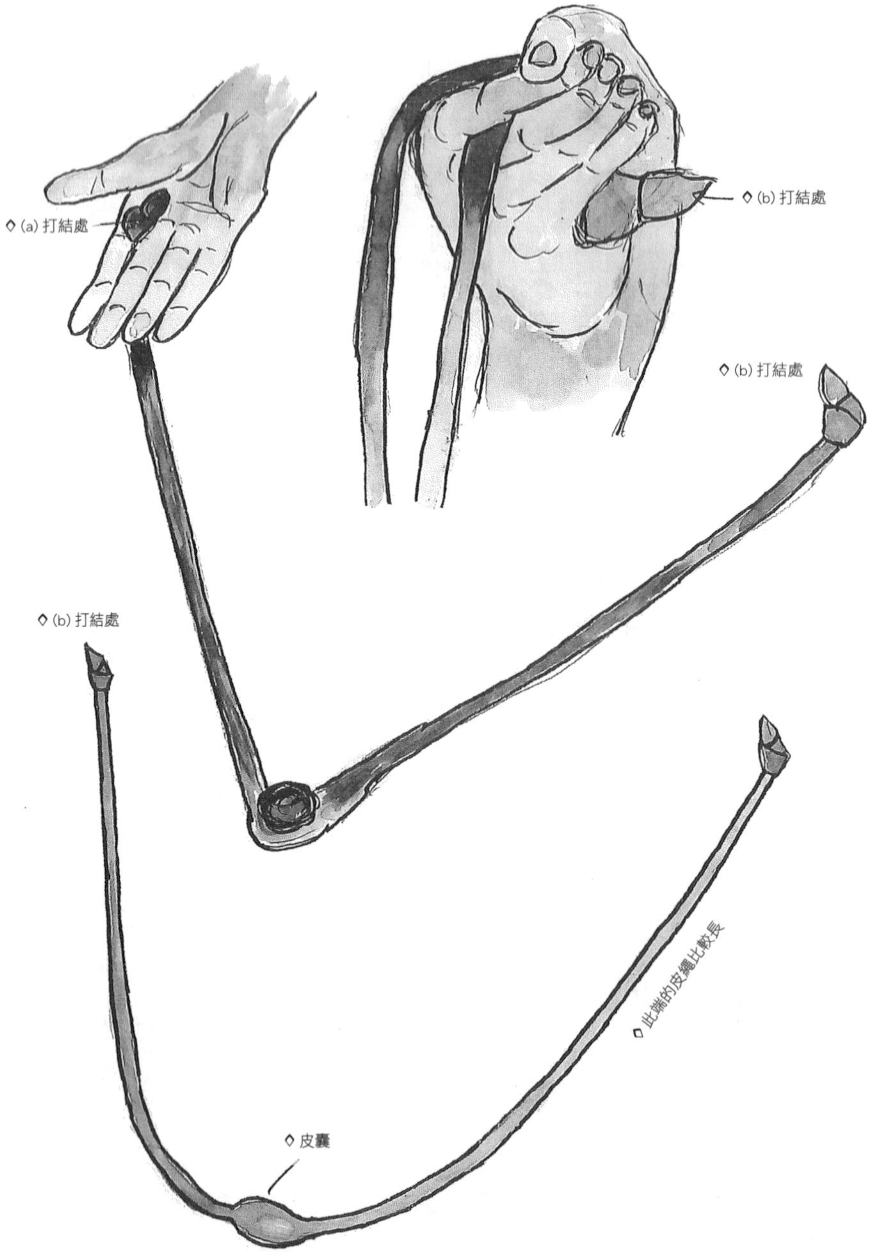

安置好燻製完成的肉塊後，達爾辛隨即上山探險，黑閃電興高采烈地跟著。探險途中達爾辛試著用剛剛做好的投石繩丟兔子和雷鳥，但都沒有成功。不過，吃完野生的藍莓、山草莓和自己帶來的肉乾後，也讓達爾辛感到十分滿足。走了幾個小時後，歐布似乎又有什麼新發現，牠在空中不停地盤旋吵鬧著。

來到歐布吵鬧的地點，達爾辛發現四周佈滿狼的足跡和糞便。巨大的石塊下方有一個洞穴，達爾辛蹲下來探頭一看，他發現裡頭有狼寶寶。其中三匹已經死了，只有一匹狼寶寶微微動著。達爾辛拉出狼寶寶將牠抱在懷中。

（牠一定是被黑閃電踢死的那匹母狼的小孩。）

達爾辛拿出肉乾放入口中咀嚼，直到肉乾變軟後他才餵給狼寶寶吃。一開始狼寶寶並不肯進食，但慢慢地牠吞下少許的肉塊。達爾辛把狼寶寶放在洞窟裡的母狼皮上，狼寶寶「咿～咿～」地叫著叫著就睡著了。看著狼寶寶睡著的模樣，達爾辛心想狼寶寶需要吃新鮮柔軟的肉，於是他決定再度外出。雖然四周已開始逐漸變暗，但達爾辛必須獵取動物。

過了不久後，達爾辛發現一隻母雷鳥，他踮著腳尖走近雷鳥，選了一顆圓形石子放進投石繩的皮囊裡。達爾辛在頭頂上甩動投石繩一圈、兩圈，甩到第三圈的時候，雷鳥因為聽見甩動時的呼呼風聲，驚嚇地從石塊上飛走了。達爾辛心想不能再失敗了，他慎重地鎖定目標並拋出石子，很幸運地石子打中雷鳥，雷鳥的翅膀應聲折斷了。達爾辛跑向不斷拍動著翅膀的雷鳥，迅速扭斷雷鳥的脖子殺死獵物。達爾辛當場拔除雷鳥的羽毛，並用小樹枝從屁股抽出腸子。

「嘎啊！吃飯了！」

達爾辛無視於歐布的吵鬧，狼寶寶需要這些柔軟的鳥胸肉。歐布不放棄地繼續叫著，達爾辛只好把內臟丟給歐布吃。達爾辛為自己留下心臟、肝臟及鳥胗，連同雷鳥喉囊裡的百里香葉和各種果實一起帶回洞窟。

這天晚上，達爾辛一小口一小口地咬下雷鳥的肉餵給狼寶寶吃。

或許是因為狼皮上還殘留著狼媽媽的味道，狼寶寶始終安靜地躺著。狼寶寶吃飽後，便在狼皮上睡著了。歐布挨近達爾辛，討到達爾辛許久不曾親手餵給牠吃的肉後，牠烏黑的眼珠子流露出不可思議的眼神注視著狼寶寶。

餵完狼寶寶後，達爾辛開始準備自己的晚餐。他在洞口的火堆旁地面挖了一個小洞，並把河裡搬來的砂礫鋪在洞穴上，接著把鹿皮蓋在砂礫上，並在四周插上木棒加以固定鹿皮。達爾辛把原本裝在鹿的胃袋裡的水倒在鹿皮上，並把從山上採集到，稱為網紋馬勃的菇菌、山碗豆的根莖、山胡蘿蔔連同雷鳥的骨頭、腿肉及喉囊裡的百里香葉、山果實一同放入水中，接著用棒子把火堆裡預先加熱好、拳頭般大小的石塊夾出來移到水中。

水蒸氣隨著滋滋作響的聲音湧現，料理開始燉煮了起來。達爾辛用棒子串起肝臟、心臟及鳥胗放在火堆上燒烤，燒烤的香味四溢，只可惜沒有調味的鹽巴。雖然達爾辛非常渴望擁有鹽巴，但這附近沒有海域，所以不可能到手。

達爾辛在火堆旁盤腿而坐，等待著料理烹煮完成。他一邊望著星星，一邊回想起種種往事。

達爾辛不僅吃下所有料理，他還用木頭雕成的湯匙把湯喝得一乾二淨，就只剩下雷鳥的骨頭。

達爾辛思索著要替狼寶寶取什麼樣的名字，因為流放的規定，所以不能使用人類的語言來取名。狼寶寶在睡夢中不停地從喉嚨發出「咕嚕」的聲音。

達爾辛想起傳說中有一隻既忠實又勇敢的狗，以人類的語言來說，牠的名字叫做葛路特。如果模仿狼的叫聲來叫這個名字就會變成咕嚕。很不錯的名字！達爾辛注視著睡夢中的狼寶寶，用喉嚨發出「咕嚕！」的聲音。

達爾辛每次和狼寶寶玩耍時，總會想起以前飼養的狗——魯巴（代表狼的意思）。一想起魯巴被阿尼古殺死的情形，當時那般不甘心與寂寞的情緒重新浮上心頭，達爾辛感覺胸口一陣疼痛。他下定決心一定要替魯巴報仇，並對自己發誓一定要照顧狼寶寶長大，並管教成一匹勇敢的狼。

達爾辛抬頭眺望渾圓的月亮，他發出遠吠的狼叫聲：「喔嗚～喔嗚～喔嗚！」

回聲從遠處反射了過來。在一旁的咕嚕開始「咿～咿～」地叫著，達爾辛坐下來抱起牠小小溫暖的身體。咕嚕一被抱起來後，便用舌頭舔了舔達爾辛的臉頰，滿懷的寂寞感霎時轉為笑容。

Chapter 6

夢

達格中士和布莉姬阿姨順利地從阿尼古的騎兵隊手中逃出後，一直等到晚上才划動小船順著河川往下游前進。白天兩人躲在河岸邊叢生的蘆葦與香蒲之中，布莉姬利用這段時間為達格中士包紮好傷口，然而達格中士心中卻有著更深更痛的傷口。我沒能夠保護好達爾辛就等於背叛了康拉王，根本就沒有活下來的資格，真該拿刀刺進自己的心臟下地獄去……達格中士不斷地譴責自己。

◇鸚鵡螺

「達爾辛還活著。」布莉姬生氣地對達格中士說。「振作一點！現在最重要的是如何讓康拉王知道這件事！」

不眠不休地划了三天三夜，兩人總算來到東海岸的一個小漁村。這是一個人口僅有一千人左右，但歷史悠久的漁村。漁村裡有六十名男子隨著康拉王到北海出征，其中一名男子正是達格中士的弟弟，他的名字叫做達索。達格中士的弟弟是為了傳遞康拉王的訊息而歸來的船艦船員之一，也是因為剛達總督的背叛而遭遇火燒船，最後被殺害的其中一人。達索的小小住家裡還住著三個兒子、兩個女兒，以及他的妻子妮魯妲。

那是一間呈橢圓蛋型的老舊石造房子，一樓正中央聳立著兩根以栗樹做成的大柱子，兩根柱子中間有一座火爐。石造房子的屋頂覆蓋著厚厚一層的

蘆葦。一樓有三分之一的空間是供給兩頭牛和一匹馬使用，雖然動物和家人居住在同一間房子裡，但兩者之間有高達成年人胸前位置的柵欄加以區隔。

兩根大柱子分別稱為母柱與父柱，柱子上方有供家人睡覺的閣樓。雖然煙霧很容易就升上閣樓，但卻是一個舒適宜人的空間。石牆上掛著鹿角，鹿角上則掛著長劍、劍盾、長槍、捕魚用的魚矛、魚叉，以及狩獵和打仗用的箭矢、箭筒等物品。屋頂上擺著兩條紅色和白色的龍，紅白雙龍能夠守護房子不遭遇雷劈或洪水的災害。大門上裝飾著擁有三重面貌的傑奴神石雕像，傑奴神能夠保護家人不受到惡魔和病魔的侵害。

十五歲的伊拉可是達索的長子，也是達格中士的姪子。除了伊拉可之外，達索分別還有十二歲和八歲的兒子，以及十六歲和十三歲的女兒。當達索的妻子妮魯妲看見全身是傷的達格中士和布莉姬，驚訝地連忙招呼兩人進屋內。達索家中最近新來了一個沙克列男孩，他是十二歲的伊披。伊披正是那個帶著達索的守護項鍊，從剛達總督下令放火的船艦上逃跑出來的男孩。伊披不知沿著海岸走了幾天幾夜，就在他快要因為疲勞和飢餓而不支倒地時，恰巧被這個小漁村的漁夫救了起來。因為伊披手上的項鍊成了線索，所以漁夫才能夠把他帶到這裡來。

雖然伊披只會說一些凱爾特語，但他很努力地向大家表明自己的身分，並解釋發生在達索們身上的事情。

達格中士和布莉姬坐在火爐旁，與其他家人一起傾聽伊披再次說明事情的經過。伊披一邊用他笨拙的凱爾特語敘述，一邊用樹枝在火爐的灰燼上傳神地畫出達索的臉、達索的劍盾和劍飾、船形、剛達總督的士兵們的頭盔、鎧甲胸前的圖案等等。達格中士的臉色頓時變了。

「剛達！可惡的傢伙，你給我記住！我一定會送你到地獄去的！」

「伯父！我們這就到鎮上去砍剛達的頭顱。」十五歲的伊拉可激動地哭訴著。

「不行，必須先通知康拉王才對。我們需要一艘船，還有對北海瞭若指掌的帶路人。」布莉姬勸告著。

「如果要用到船的話，可以用我父親的三角帆船！我五歲就開始乘著三角帆船出海幫忙抓大比目魚了。」

「北海，我熟悉。我帶大家去。」伊披舉手說。

「我也要去！」十二歲的達拉說。

「不行！你和馬可要留在媽媽的身邊！」

達格中士話一說完，布莉姬隨即把手搭在八歲的馬可肩上說：「一個老人和十五歲的年輕人還有小孩，這樣行不通啊！」

「老人？妳胡說什麼！」

「請別生氣，達格。你已經不年輕了，再說你也沒有航海的經驗，我們還需要兩名熟悉大海的男子。」

此時，屋外的小狗突然開始吠了起來。達格中士拔劍起身說：「是誰？」

「別激動！」布莉姬邊說，邊走向大門。「進來吧！」

大門被推開後，兩名高大的男子走了進來。

這兩名男子無論是身高或肩寬都比一般凱爾特人高大許多，他們的手臂如同燻火腿般強硬結實，並且曬得一身黝黑健康的膚色。兩人有著一頭近乎白色的金色長髮被綁在身後，他們的眼珠是清晨天空的顏色，而且兩人長得一模一樣。

布莉姬緊緊抱住兩人。

「各位，他們倆是我的兒子加儂和葛儂。」

達格中士驚訝地張大嘴巴。

「分不清楚誰是加儂誰是葛儂！」

加儂和葛儂都笑了。

「我是比較帥的加儂。」其中一人說。

「不對！那小子是比較醜的加儂，我是葛儂。」
「又開始了。好了，他們兩個人是雙胞胎，從小就喜歡搗蛋。」
達格中士感到不可思議地問說：「可是，他們怎麼知道我們在這裡？是不是有人跟他們說的？」
兩人沉默地看著布莉姬的臉。
「我們母子三人即使分隔兩地，只要一發生事情，彼此都會有所感應。」
「我們感到非常地不安，於是就到那間燒掉的房子去探個究竟，然後才又趕到這裡來。」
「雖然看見很多新的墳墓，但我們相信母親還活著。」
「我們有看見烏鴉，很大隻的烏鴉，牠還會說人類說的話。」
「就這樣腦海裡就自然浮現小船、河川、全身是傷的達格先生和母親的模樣。」
「因為河川是流向這個漁村，所以我們就知道你們在這裡。」
達格中士驚訝地啞口無言。
「我兩個兒子是船員。康拉王的艦隊出征時，他們正好為了做生意跑到南方的國家去。」布莉姬邊看著兒子邊說。

「我們倆要坐船到北邊去，對吧？」雙胞胎二人同時發問。

「不管怎樣，大家先坐下來吃點東西吧！」達索的妻子妮魯妲說。

達索家族的三角帆船大約有兩個大男人張開手臂的寬度，船的長度有寬度的四倍半長。三角帆船是用木頭和牛皮造成，船上有一根船桅，船桅上掛著三角形的皮製風帆。船身輕盈的三角帆船雖然有容易破損的缺點，但卻是一艘容易操作的傳統船隻，從前的探險家也曾經駕著三角帆船橫越西方的海洋。由於三角帆船的船身輕盈，不起風時能夠用船槳划動，因此在北海遇上流冰時也能夠靠人力把三角帆船拉上流冰。

到了隔天，達格中士開始動手修理三角帆船。布莉姬的雙胞胎兒子和達索的兒子伊拉可把松脂、蜜蠟和亞麻仁油倒入一個大爐子裡，一邊攪拌一邊慢火熬煮後，用來塗抹了船身三次。布莉姬和妮魯妲負責縫製新的風帆。沙克列人伊披非常擅長結繩，於是他把所有船上用的繩索全都換過新的，並把沾滿魚血和汙垢且變得腐爛的甲板全部換新。

六根船槳、魚矛、魚叉、浮標、錨、兩個水桶、雨具、雨衣、禦寒用品、毛毯、啤酒和兩桶蜂蜜酒、硬餅乾、乳酪、肉乾、魚乾、蘋果乾、洋蔥、豆子、麵粉、沙箱（用來裝沙袋的箱子，而沙袋裡的沙子是在冬季地面凍結時，用來撒在地上作為防滑用途）、木炭、鍋子、水壺、釣線和釣鉤、各自的武器和盾牌……等等，列出長長一串清單後，大夥兒隨即分頭準備所需的物品。

雙胞胎之一的加儂擁有一樣非常稀奇罕見的東西，他把這樣東西放在絲綢布袋裡，小心翼翼地保管著。這樣東西乍看下像是一根極為普通的鐵針，但只要把這根鐵針放在薄紙或葉片上並讓它浮在水面，非常神奇地鐵針一定會指向北方。對跑船的人來說，這根鐵針非常地珍貴，特別是在濃霧裡或晚上看不見星星時，鐵針能夠帶來很大的幫助。每當加儂用完這根具有魔力的鐵針後，他總會用乾的絲布仔細擦拭鐵針九十九次後才放回布袋。

正當大夥兒忙著把航海所需的物品搬到船上時，聖人拉格達來到了漁村。看見花了半天的時間才走到這裡來的聖人拉格達，大夥兒連忙拿出蜂蜜酒、麵包及山豬肉來招待，並等待著聖人說話。

「布莉姬，妳做得很好，妳這段時間的表現讓我感到非常地驕傲。放心吧！達爾辛還活得好好的。」

所有人都鬆了一口氣。

「不過，剛達他絕不會就此罷休，今後還是必須謹慎提防才好。」

「達爾辛變成囚犯了嗎？」布莉姬擔心地問。

「不，達爾辛被德魯伊流放了。」

「什麼！王子被流放了？」達格中士氣憤地說。

「稍安勿躁，這樣對達爾辛才會有所幫助。為了要保護達爾辛，也必須這麼做。雖然流放生活確實相當嚴酷，但達爾辛必須克服難關，他必須以眾神之子的身分接受大自然的教育及鍛鍊，並成為一個堂堂男子漢存活下來。」

布莉姬點了點頭。

「也就是說要達爾辛成為一個當得上國王的男子漢。」

「沒錯。不過你們必須動作快一點，再過兩天剛達的軍隊就會來到這個漁村。這兩封信讓你們帶去，把這封有紅色記號的信交給和康拉王在一起的德魯伊說書人卡斯巴，信中所寫的暗號只有卡斯巴看得懂。另外一封信是德魯伊的護照，萬一被敵方的船隻發現時，只要拿出這個護照就不會遭到懷疑。不過這護照對海盜可能會行不通。」拉格達微笑著交出兩封信。

「謝謝您的幫忙，感激不盡。等到明天漲潮時我們會立即出發。村民們不會把這件事說出去，因為這裡的每個人都對剛達懷恨在心。」達格中士說。

「大家一路小心，我會向海神瑪納南祈求讓你們乘坐祂的馬也就是海浪，安全且快速地抵達目的地。」

西邊山中的河川裡有大量逆流而上的鮭魚前來產卵。

樹葉的顏色漸漸變了，自然界開始邁入冬季。對於必須在寒冬裡才能有所收穫，或必須把生命交棒給下一代的生物來說，冬天是非常重要的季節。

達爾辛在水深較淺的地方，試圖用他親手做的魚矛抓取在砂礫之中不停拍動著身體產卵的鮭魚。達爾辛做的魚矛構造簡單，棒子前端插著鹿角和狼的犬牙，再用鹿皮和肌腱加以捆綁。鮭魚因為歷經長途跋涉使得肉質變得乾瘦鬆軟，並不怎麼美味，因此達爾辛決定順著河川往海岸走。

海岸地區有陡峭的懸崖，佈滿石礫的地面顯得凹凸不平。寬廣的大海不斷地掀起巨大的海浪，到處可聽見岩石被海浪撞上而碎裂的聲音。由於如暴風般的海風把飛沫吹得又高又遠，因此海岸四周佈滿了鹽巴，土地並不肥沃。再加上山上居住著狼群，要飼養牛或羊等家畜頗為困難，因此顯少人會居住在這裡。

這個海岸稱為寡婦海岸。人們不居住在這裡還有另一個原因，因為這裡存在一個恐怖的傳說。

很久以前，凱爾特族的祖先最先登陸的地方就是這個海岸，在這裡可以看到很多堡壘和石屋的遺跡。據傳說，凱爾特族登陸後與原本住在這裡的居民展開一場慘烈的戰爭，凱爾特族戰勝後，原住民的女子、小孩及老人全都從懸崖上投海自盡，男子們也都被殺害，他們的頭顱及身驅都從懸崖上被丟入大海。

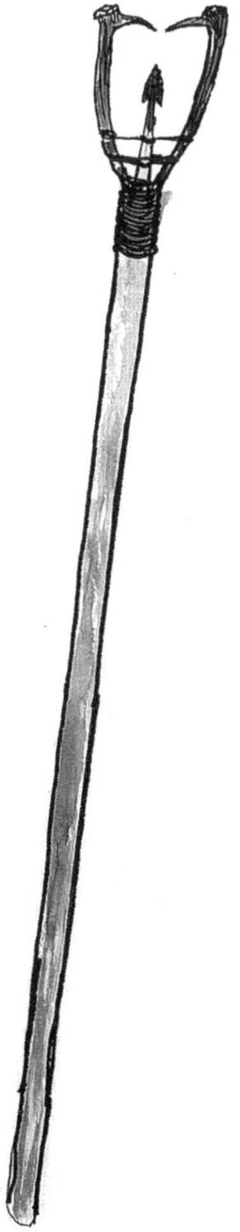

◇達爾辛親手做的魚矛

古時候的凱爾特族有一個習慣，那就是在戰場取下敵人的頭顱後會取出腦漿並用石灰加以硬化，再塗上杉木油以保存腦漿，最後懸掛在自家門前的柱子上。雖然到了現在不再有如此野蠻的習慣，但從石頭雕刻成的頭顱被當成家中守護神來祭拜的行為當中，不難看出是受到古老習俗的影響。

遺留在寡婦海岸的原住民住家入口偏低，臥房所使用的箱型石塊也比較小，據說原住民是鋪上大量的乾草當作睡床使用。睡床的寬度很寬，從這裡可以想像得到他們的肩寬比凱爾特族的男子大上許多；相反地，睡床的長度卻只有十二歲男孩的身高左右。

傳說中這裡的原住民被稱為提爾泰族，提爾泰族的人雖然矮小，卻擁有強大的力氣，他們是擅長於使用魔法和毒藥的恐怖民族。

描述當時的詩詞或故事中寫著，如果家門口掛著在戰場上取下的提爾泰人的頭顱，半夜裡會聽見哀嚎聲、怒吼聲及歌聲，當懸掛頭顱的住家發生不幸時，頭顱還會開心地大笑。

國王聽到這樣的傳說後，便在德魯伊的命令下收集全國的頭顱，在進行三天的祈求儀式後獻上貢品馬、牛及羊，並埋葬在名為月山的巨山上。埋葬完頭顱後，隨即在月山種植與頭顱數量一樣多的梣木，梣木對傳說中的原住民提爾泰族而言是非常神聖的樹木。如今月山已被壯偉的梣木森林所覆蓋，即使沒有山風吹過，森林裡的樹枝也會自行搖擺，樹葉發出沙沙的聲響就好像有人在輕聲低語一般，沒有人敢踏進這片森林。

很多人相信寡婦海岸會出現不斷在尋找頭顱的幽靈，也有謠言說如果獨自一人坐船出海的話，幽靈會從海中伸出雙手取下那個人的頭顱並接在自己的身體上。

另一方面，也有傳說指出，一個心存正念且真正勇敢的人類如果隻身前往提爾泰族在祕密島上的神聖洞窟裡祈求，就會被賜予強大的力量。

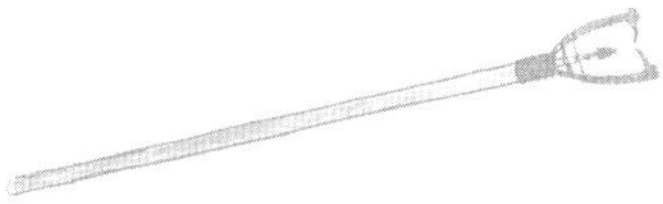

達爾辛在河口發現一座用石頭做成的老舊水壩，漲潮時隨季節不同會有鮭魚、嘉魚、虎頭魚、鰈魚、鯔魚等魚類越過水壩爬上河川。到了退潮時，來不及逃跑的魚就會被困在水壩與水壩之間的淺灘上，直到下一次漲潮前都無法離開。達爾辛把到處坍塌的石堤重新堆上石塊。

從此達爾辛每天都會拿著魚矛一邊和小狼咕嚕玩耍，一邊捕魚。咕嚕會與奮地跳入水中抓魚，大烏鴉歐布也會在一旁期待著達爾辛抓來的魚頭和內臟。

因為寡婦海岸有取之不盡的流木，所以達爾辛一整天都持續點著火堆。達爾辛在這裡搭起曬魚架並利用海風、陽光和煙霧製作保存食物，他的腳邊有數不盡的圓形石子是練習投石繩的最佳場所。由於海鷗會不厭其煩地想要偷走曬魚架上的魚，所以達爾辛用投石繩成功地打下一隻大型的黑背鷗。雖然達爾辛試圖想吃黑背鷗，但是黑背鷗肉的腥味實在太重，無論是煮過還是烤過都無法入口。最後達爾辛只好把肉丟到海裡，不過他從黑背鷗身上拿到許多漂亮的白色和黑色羽毛。

雖然達爾辛對動物和鳥兒並沒有偏見，但他卻非常討厭大黑背鷗。每到了春天，黑背鷗會對剛生產完的羊做出慘酷的惡作劇。黑背鷗有著一種習性，就是牠們會啄食正從母羊肚子裡生出來的小羊，或是把剛出生的小羊眼睛叼走，甚至會殺死小羊。凱爾特男孩最重要的工作之一就是趕走會這樣惡作劇的黑背鷗，達爾辛當然也不例外。

在達爾辛十歲那一年，正當他在午睡的時候，有一隻達爾辛負責看管的小羊被黑背鷗殺死了。

「連一隻小羊都保護不了的人，要怎麼保護國家！」

當時達爾辛的父親康拉王嚴厲地責罵他，達爾辛一邊哭泣，一邊看著那隻可愛小羊的眼睛被黑背鷗的尖嘴挖出來的可憐模樣。

達爾辛一邊回想起這些回憶，一邊不停地把石子丟向飛近曬魚架的海鷗並等待著退潮。

過了好幾天後，達爾辛使用投石繩的技術有了顯著的進步。有一天傍晚，達爾辛打中一隻鴨子，鴨子摔落在水壩和水壩之間。這天晚上達爾辛難得吃到了美味可口的鴨肉。面對這次的獵物，達爾辛連同羽毛一起剝下鴨皮，因為他打算利用鴨翅膀前端的部位做成刷子。

達爾辛在河口整整待了一個月的時間，這段期間內曾經有一艘漁船接近，但一看見達爾辛和狼的身影，兩名漁夫便急忙划動船槳逃走了。

一個月的期間內達爾辛曬了大量的魚乾，不僅如此，他還抓了鴨子、大鸛（大鸛長相略似雞，其身體為黑灰色或黑褐色，前額有紅色似冠狀物的水鳥）及海烏鴉。每次抓到鳥之後，達爾辛會先把鳥肉吃掉，再把內臟分給歐布和咕嚕，最後把帶有羽毛的乾淨鳥皮曬乾做成色彩鮮豔又保暖輕盈的羽毛

墊。達爾辛還把強韌的鮭魚皮曬乾做成鞋子等各式各樣的物品。

有一天早上，達爾辛發現一個巨大的圓形貝殼。德魯伊們在儀式中會使用從南方國家帶回來的海螺，而這個貝殼的形狀比海螺還要圓，白色的外殼還帶著如虎紋般的淡紅色花紋。達爾辛撿到的貝殼是鸚鵡螺，他感到開心極了，因為他可以把這個鸚鵡螺當成水壺。這麼一來，以後要煮開水或煮湯就簡單多了。

達爾辛不再是全身赤裸了，他有衣服，有鞋子，也有墊子。達爾辛的腰際上掛著投石繩和放有小石子的袋子，還有鹿角和黑曜石做成的刀子。不僅如此，達爾辛還擁有短木棒綁上黑曜石做成的斧頭，以及用來生火的打火石。最重要的是達爾辛身邊有著大烏鴉歐布、黑馬黑閃電和灰狼咕嚕的陪伴。

即使不使用人類的語言，達爾辛也漸漸能夠分辨三個同伴的叫聲、四周鳥兒的叫聲、山中狐狸或鹿的叫聲，並且還能夠發出同樣的聲音。達爾辛逐漸明白所有野生動物的叫聲都有特定含意。

到了晚上，達爾辛坐在用流木做成的睡床前面，一邊注視著火堆裡徐徐燃燒的火焰，一邊傾聽著海浪的聲音，咕嚕在他的身旁熟睡著。一顆大流星在夜空劃出一道白光，近來到了夜晚都會有些許寒意，達爾辛思考著應該如何度過寒冬。

這天夜裡達爾辛做了一個夢，夢中不知是誰悲傷地唱著歌。伴隨著歌聲，達爾辛還聽見很深沉、極不可思議的聲音，那聲音像鼓聲又像雷聲。夢境裡有十三根大石柱圍成一圈聳立著，圓圈中央有石階，石階的最上層橫躺著一隻死掉的羊，羊的喉嚨流出火紅的鮮血。

夢裡突然換了一個場景，這次是在一個大洞窟裡。歌聲和深沉且不可思議的聲音越來越大聲，緊接著不斷地出現不同的臉孔又隨即消失。達爾辛看見留有白色山羊鬍的臉孔、刺青的臉孔、年輕女人的臉孔、生氣男子的臉孔、小孩的臉孔、老婆婆的臉孔，最後的老婆婆似乎想要說些什麼。老婆婆的額頭上有著刺青，黑色眼睛和杏仁的形狀一樣，黑色長髮有一大半已泛白。老婆婆向達爾辛招了招手，並打開石門。

石門的另一邊閃爍著美麗的光芒，充滿鮮花與歌聲的遼闊世界在眼前鋪開。達爾辛踏進石門後，許多的矮人在他四周圍成一個圓圈跳舞，矮人們一邊彈奏著笛子、太鼓和豎琴，一邊唱著歌，每個人都面帶笑容地看著達爾辛。

一名年輕女子走到達爾辛身邊，年輕女子有著美麗的臉孔和姣好的身材，但卻只有成年人一半左右的身高。年輕女子牽起達爾辛的手，邀請他進入圓圈一起跳舞。達爾辛加入大家，盡情愉快地跳起舞。女子們的腳踝上都掛著帶有鈴鐺的腳環，她們一邊跳舞一邊演奏著音樂。不管跳舞跳多久，達爾辛都不覺得疲累。

過了不久後，一頭巨大的紅色公鹿走進圓圈中央。紅色公鹿的鹿角有成年男子張開手臂的兩倍寬，鹿角的形狀也是達爾辛從未見過的模樣。鹿角前端就好像擁有七根手指頭的巨大手掌一樣，當公鹿一抬起頭，四周立即響起如吹海螺般的聲音。這個聲音就像是個暗號般，所有人一聽見聲音便立刻停止跳舞。

剎那間場景又換了。達爾辛回到最初有石柱圓圈的地方，他環看四周發現自己身處在一座島嶼上。一隻大魚鷹站在島嶼中央的祭壇上，達爾辛逐漸被吸入魚鷹琥珀色眼珠的漩渦中……。

達爾辛醒了過來。由於夢境實在太過鮮明，一切景象都顯得如此真實，達爾辛一時之間無法回過神來。達爾辛生平第一次夢見這樣的夢，即使過了好幾天，那些景象仍然在他的腦海裡揮之不去。達爾辛下定決心要尋找夢裡見到的島嶼。

從上空鳥瞰時，那座島嶼的形狀就像一條龍般又細又長，山丘上有著石柱圍繞而成的圓圈，島嶼四周被垂直落下海面的懸崖給包圍。

那個提爾泰傳說中會被賜予強大力量的神聖洞窟，一定就在那座島嶼的某個地方，達爾辛一心想要找到神聖洞窟，洞窟裡似乎藏著讓他生存下去的祕密。

達爾辛站起身子面向大海，他張開雙臂仰頭學狼叫：「喔嗚～喔～！」

咕嚕也醒了，牠和達爾辛一起發出狼表達感謝的遠吠聲。

海浪彷彿在回答他們似地發出咻嗚～咻嗚～咻嗚～的聲音。

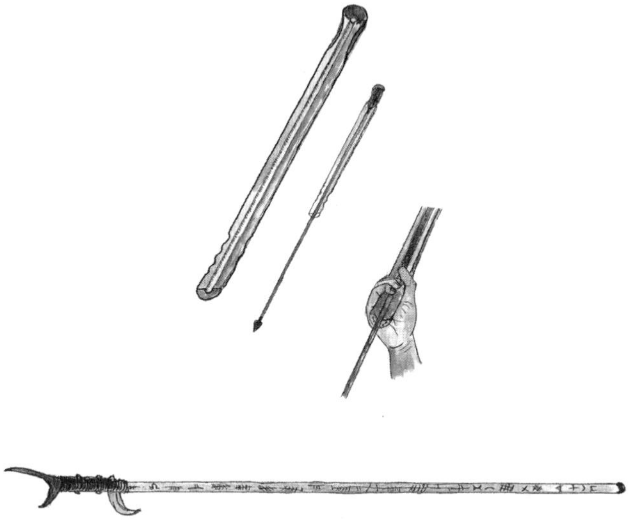

Chapter 7
海豹之歌

在出發去尋找島嶼前，達爾辛決定把先前做好的保存食物、魚乾及肉乾藏在安全的地方。達爾辛把一半的食物留在洞窟裡，他先用蕨草和歐石南把食物包好後，再把山松樹的小樹枝蓋在上面，最後壓上重重的大石頭。一旁的咕嚕露出不可思議的表情看著達爾辛的舉動。

當達爾辛藏好食物後，咕嚕隨即抬起後腿朝著大石頭撒尿為自己留下記號。達爾辛瞧見咕嚕的舉動後，笑著學咕嚕做了一樣的動作，並心想這樣至少不會有其他狼隻來偷食物。達爾辛把剩下一半的食物藏在海岸邊，並做好旅行的準備。

達爾辛啟程後，歐布飛在前頭一副像是老早知道要去旅行的模樣，黑閃電也跟隨在旁。咕嚕一邊追著兔子和鷸鳥跑，一邊高興地和達爾辛玩耍著。

寡婦海岸的四周幾乎都是陡峭的懸崖，以及受到大浪沖蝕變得凹凸不平的岩石，散佈海岸附近的小島數量多得讓人數不盡。這裡的潮水流動速度快且複雜，據說是全國漲潮和退潮之間的高度差距最大的海岸。達爾辛從懸崖上看見海上形成好幾個漩渦，不由地全身打顫。聽說漩渦底下躲著一隻擁有八隻手臂的怪物，漁夫或跑船的人如果一不小心掉進漩渦，海鬼會立刻把人抓到海底，讓怪物一口吞下。

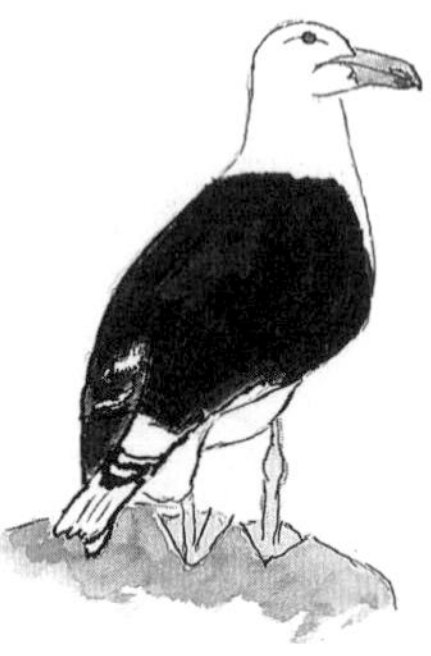

◊ 大黑背鷗

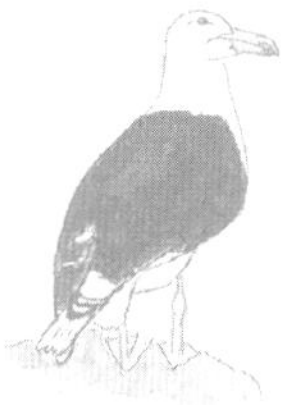

海鷗、鵜鶘、海雀及隼鷹乘著海風優遊自在地玩耍，四周縈繞著海鳥們的高亢叫聲、笑聲、吵罵聲好不熱鬧，一股暖流流過離岸較遠的海面。

這天岸邊難得吹起輕柔溫暖的海風，聳立在懸崖上的樹木被海風吹得彎曲，彎曲的樹枝猶如伸長的手臂和手指般指向陸地方向。樹葉一片接一片地從樹上掉落，並隨風飄向東邊。藍莓樹的葉子幾乎全都轉為紅色或黃色，樹上結的藍莓果實變得黑亮香甜。

因為身上的行李太多，使得達爾辛沒有多餘的精力去抓兔子或鳥，於是他一邊走路，一邊思考了許多事情。

在達格中士還年輕的時候，他曾經搭乘對岸巴斯可族的船出海去抓鯨魚，達格中士描述如何與巨大鯨魚搏鬥的經過讓達爾辛印象深刻。不過，如今浮現在達爾辛腦海中的不是搏鬥經過，而是當時聽說的一個神奇工具。

凱爾特族雖然會使用魚叉捕抓游入沿岸地區的鯨魚，不過卻沒有乘著大船出海捕鯨的習慣。根據達格中士的描述，巴斯可族無論是在海上捕魚或在陸上狩獵，都會使用一種非常輕盈、形狀像長槍又像長箭矢的工具，據說使用這個工具能夠從令人難以置信的距離抓到獵物。

因為男孩們都不相信世上會有達格中士口中的神奇工具，於是達格中士親手做了一個給大家看。那是一個像魚叉又像箭矢的工具，達格中士稱之為

標槍。標槍的粗細約為成人的大拇指般大小，長度為一般箭矢的一點五倍，標槍上面與箭矢同樣有著三根羽毛。

用來投擲標槍的工具稱為標槍投擲棒，它的長度比男子的手臂還要短一些，寬度約為食指的長度。投擲棒的中央有一條溝槽，棒子末端夾著如鹿角切片後的圓形鈕釦狀物體。

達格中士告訴男孩們，這個鈕釦狀物體是用來防止標槍滑出的卡栓。標槍投擲棒的操作方法是把標槍放進溝槽，以右手握住投擲棒前端和標槍，投擲時卡栓會推動標槍使標槍射出，但此時必須確實緊握投擲棒。藉由利用投擲棒投擲標槍，可使手腕長度延長為兩倍長，投出標槍的力道和速度也能夠增加兩倍，投擲棒的利用原理就跟用木頭做成的投石器一樣。

達爾辛邊走著邊回想有關標槍的事。如果能夠做出標槍和投擲棒，只要勤加練習或許就能夠獵捕到鹿或山豬等大型獵物，這樣就不用擔心熬不過冬季了。想到這裡，達爾辛不由地興奮了起來。當然了，如果用紫杉木來製作弓箭會簡單許多，不過達爾辛被禁止使用弓箭。雖然標槍的命中率和射程距離都比不上弓箭，但比起用手投擲長槍還更有威力。

達爾辛還想到另外一件事，那就是布莉姬阿姨教他山上或森林裡的植物的使用方法。那些植物當中還包括有毒的植物。流放的規定中並沒有禁止使用有毒的東西，只要在標槍前端塗上烏頭毒草的根汁、毛地黃或莨菪的毒

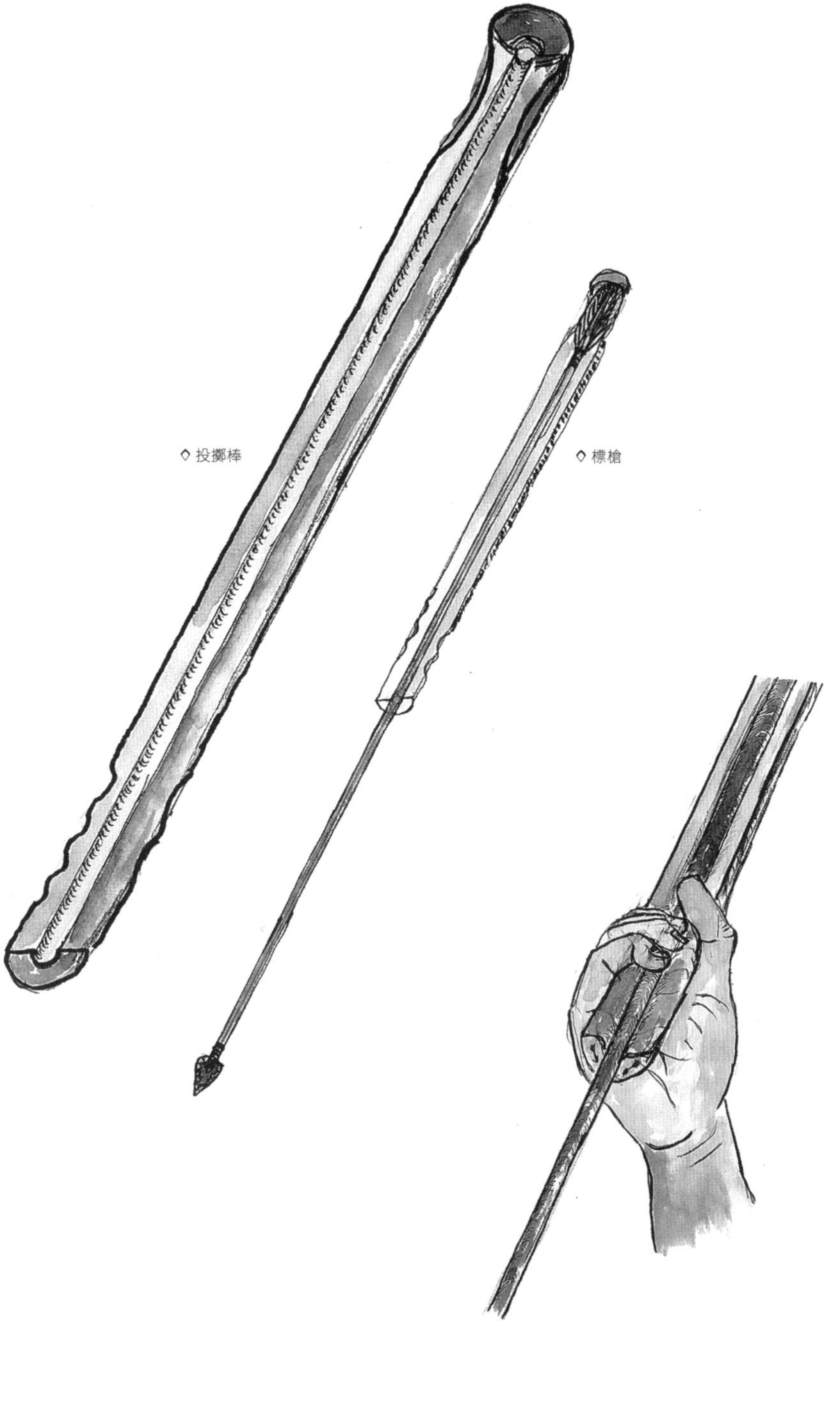
◇投擲棒
◇標槍

汁，即使沒能射中獵物的重要部位，也能夠打倒獵物。

歐布飛往前方進行偵察，到了傍晚便回到達爾辛的身邊。達爾辛生起火堆把魚乾、肉乾撕碎放入鸚鵡螺裡，再加入菇類、樹果、帶有鹹味的海藻及野生蒜頭一起熬湯，並把魚乾分給歐布和咕嚕吃。這天的氣候宜人，露宿野外讓達爾辛不覺得辛苦。

到了第三天的傍晚，沉重的行李讓達爾辛逐漸感到疲憊。海風變得冰冷，天空還下起雨來。灰黑色的雲層彷彿成群憤怒的公牛，從西邊的海上朝著陸地方向奔來，山邊還傳來陣陣雷聲。儘管氣候如此惡劣，歐布仍然不顧地往前方飛去。全身濕淋淋的達爾辛頓時失去了耐性，對著歐布和天氣發起脾氣來。

「呀啊～！啦啊～！」

就在達爾辛大叫完後，突然有一道有如蛇的舌頭般的閃電劃破天際。

咚隆！

震耳的雷聲緊接著傳來。達爾辛受到雷聲的驚嚇朝聲音傳來的方向望去，猶如一條沉睡中的巨龍形狀的島嶼呈現在他眼前。閃電彷彿在撫摸龍的背脊一般，接二連三地落在島上，從漫長的沉睡中甦醒過來的巨龍仰天怒吼著：

轟！咚隆！轟隆轟隆轟隆！

達爾辛受不了震耳欲聾的聲響，於是用雙手把耳朵遮住，歐布立刻飛了回來並停在達爾辛肩上。一旁的咕嚕像隻幼犬般發出「咿～」的叫聲躲在達爾辛背後，黑閃電也緊跟在達爾辛身旁害怕地嘶叫著。達爾辛高高舉起手中的魚矛在心中吶喊著：我發現島嶼了！雷聲替我找到了！

「嘿呀～！」

達爾辛對著天空喊叫。

這天晚上達爾辛、咕嚕、黑閃電和歐布躲在懸崖上的大石塊後方，藉著彼此的體溫取暖直到天明。天一亮，風雨也跟著停了，萬里晴空上看不見一片雲彩，廣闊平坦的沙灘在懸崖下攤開。巨龍形狀的島嶼和海岸之間隔著五百步距離的淺海，平靜無波的海面彷彿一面鏡子閃閃發光。從懸崖上可清楚看見海底的模樣，退潮的時刻就快到了。

達爾辛收拾起行李，從懸崖上順著野生動物習慣經過的小徑走到海灘。歐布老早就飛到島上了，牠的叫聲吵醒停留在島嶼懸崖上休息的海鳥們，海鳥們不停地吵鬧著。咕嚕緊跟在達爾辛後面走到沙灘，黑閃電卻還留在懸崖上注視著同伴們，等會兒想必牠會自己尋找安全的路走下來。

現在正好是潮水靜止不動的時刻，達爾辛把行李頂在頭上走入淺海中。雖然海水最深的地方只到達爾辛胸前的高度，但腳邊不斷有強力的水流絆住他的腳步。咕嚕在一旁拚命地游泳和達爾辛一起越過淺海。

島上也有小小的沙灘，沙灘另一端的岩石堆上有岩海苔、海帶芽等各式各樣的海藻，以及花笠螺、龜足（貝類的一種，俗稱佛手）、牡蠣、貽貝等食物。小小的沙灘上隨處可見正在吐水的蛤蜊，往沙堆裡挖還能挖出海瓜子來。

潮水積成的小水灘裡住著海膽、小魚以及色彩豐富的海葵，形成一座海灘上的美麗花園。各種海鳥紛紛以各自的叫聲來迎接達爾辛，往上一看有兩隻海鷹在空中畫著大圓圈優遊翱翔。

達爾辛一個接一個地抓起牡蠣，並用鹿角做成的工具把外殼打開，然後一口吞下牡蠣。歐布飛下來達爾辛身旁，啄食剛打開外殼的新鮮牡蠣，咕嚕則循著岩石與岩石之間野生動物習慣經過的小徑，忙碌地來回跑著。

不知不覺中，海水已逐漸漲高到無法再抓取牡蠣的高度。仔細一看，島嶼和對岸之間的海域變得十分寬廣，強勁的潮流在海面上形成好幾個漩渦。一天裡能夠從對岸來到島上的時間只有兩次，而且都是非常短暫的時間。如果想要橫越海洋，潮水靜止不動的退潮時間最安全，其餘時間即使搭船都很危險。

達爾辛揹起行李跟在咕嚕後面，爬上龍之島又長又高的綠色背脊。

越仔細觀察這座島嶼，越感覺島嶼像一隻橫躺在海上的巨龍。這條巨龍的龍頭朝向西南方，細長的尾巴則朝向東北方的陸地。龍頭和背脊的部位有

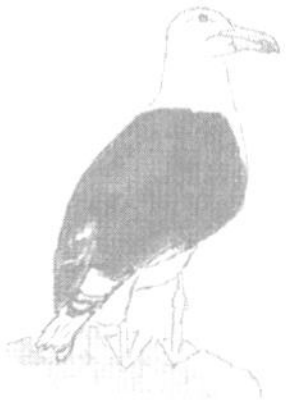

著山丘，四周的海岸幾乎都被懸崖包圍。當海水退潮時，幾處的海岸會露出小沙灘或碎石灘。懸崖上方的斜坡被植物所覆蓋。

南邊的斜坡上長了許多矮小結實的橡樹，這個季節裡有很多橡果掉落在地面。由於南邊的海風比較和緩，所以除了橡樹之外，還可以看到山梨及結有酸澀果實的山蘋果。生長在這裡的蕨叢高達人類胸前的高度，另外還有綻開黃色花朵的金雀花叢。

反方向的西邊及北邊面臨波濤洶湧的海域，那裡的懸崖特別陡峭，懸崖下有層層如巨型階梯般的平坦石塊。雖然海水退潮時可以走下懸崖在這個石階上步行，但是當高漲的海浪直撲而來時，石階會是極度危險的地方。這個石階被漁夫們稱為「惡魔的階梯」。這裡的懸崖斜坡上並沒有樹木生長，看得到的植物只有歐石南和矮小的綠草而已。

坡度平緩的綠色山丘在島上延伸著，山丘上時而會露出像恐龍背脊般的石塊。達爾辛和咕嚕走在山丘上，山丘上的綠草非常矮小，達爾辛從未見過的咖啡色小兔子一看見他們便豎起尾巴逃跑了。看著好幾隻小兔子到處活蹦亂跳，咕嚕猶豫著不知道該追哪隻兔子才好。

在一千多年前，一艘南方來的船隻在這座島嶼附近不幸沉沒。船上載著十隻用來當作食物的穴兔，沉船後放在甲板上的兔籠浮在海面上，非常幸運地漂流到這座島嶼的岸邊。由於島上沒有兔子的天敵存在，因此兔子的數量也就越增越多。不過，天氣好的時候，金鷲或大老鷹會從隔岸的山上飛來獵捕兔子。

島上的動物還有老鼠、鼴鼠以及野生的黑羊。野生黑羊一溜煙就會往懸崖方向逃去，因此很難抓得到，就連咕嚕也拿黑羊沒輒。達爾辛在心中想著一定要做出標槍投擲棒。

比起動物的數量，島上有更多的鳥類。島上有三種烏鴉，還有長長紅色嘴巴的蠣鷸、頭上有美麗飾羽的小辮、可愛的金斑、鳥（又名千鳥）、鷸鳥、燕鷗、海烏鴉、鵜鶘、花魁鳥、隼鷹、絨鴨、秋沙鴨及紅喉潛鳥（俗稱阿比）。另外也有鴨、雁等過境鳥會在附近寬廣的淺水池停留休憩。

達爾辛彎身打算喝池水時，他發現綠色的池水發臭且渾濁不清。水池中央的鳥兒們發現達爾辛和歐布的存在後，「嘎、嘎、嘎」地叫個不停。橡樹上可看到正在餵食幼鳥的喜鵲，還有體型雖小卻極為勇敢的鷦鷯。四周還有麻雀、黑喉鴝、燕子及灰鶇等鳥兒好不熱鬧。

達爾辛一邊散步欣賞島上的景觀，一邊朝著龍背的高聳山丘往上爬。過了一會兒後，達爾辛眼前突然出現夢裡看見的景象，那是十三根石柱圍成的圓圈！達爾辛不由地快步奔向石柱，他看見圓圈中央有一座祭壇，仔細一看發現祭壇是一個大碗的形狀。

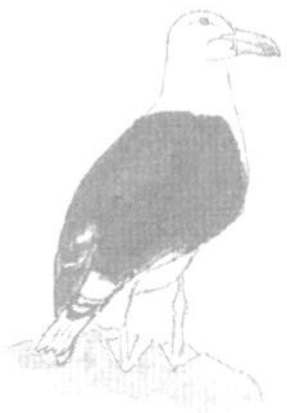

達爾辛卸下行李及掛在腰上的工具，一旁的咕嚕豎起背上的毛，發著低沉的吼叫聲。看著達爾辛往石柱的圓圈靠近，咕嚕還是站在原處不願向前。達爾辛在心中祈禱後，隨即朝祭壇走去。達爾辛發現自己的頭髮像是被看不見的手撫摸而豎立，全身起了雞皮疙瘩。

達爾辛緩緩走近中央的祭壇，他發現祭壇是整顆黑色的石塊，石塊裡散發出金色、紫色、鈷藍色及綠色的光線，石塊四周彌漫著詭異的味道，那味道像是潮水夾雜著金屬燃燒時所產生的氣味。

雨水囤積在石塊凹陷的部位，達爾辛把手指伸進水中發現水溫是熱的。這是因閃電而被加熱的水，是上天賜予的熱水！達爾辛低頭跪拜後，隨即脫光身上的衣服，用熱水清洗頭髮、臉及身體。洗完後，達爾辛感覺連心靈都變得輕盈許多。達爾辛默默在心中發誓，一定要把在這座島上抓到的第一件獵物供奉在這座祭壇上，奉獻給神明。達爾辛低頭合掌默默地祈禱。

到了傍晚，穴兔紛紛從洞穴裡跑了出來。在咕嚕興奮地到處追逐兔子的干擾下，達爾辛總算用投石繩投中一隻兔子。達爾辛把兔子的內臟分給歐布和咕嚕，為自己剝下柔軟的咖啡色兔皮後，他把兔子的軀體、骨頭及兔肉輕輕放在祭壇上。

這天晚上達爾辛用金雀花和蕨草做成簡單的避難處度過一晚。

隔天早上的天氣絕佳，達爾辛從懸崖上看見昨天沒能跟上他們的黑閃電在對岸的岸邊徘徊，正在等待退潮的時刻到來。達爾辛看見黑閃電興奮地吹著口哨，大大地揮動著雙手。歐布一早就飛出去探險，咕嚕則不停地追逐兔子。這一天，島上幾乎沒有海風吹起，可清楚聽見海水波動的聲音。

等到潮水退潮後，達爾辛走到南邊的海岸探險。當達爾辛走在平坦的石塊上時，在一旁休息的海豹們被他嚇了一跳，紛紛跳入海中。海豹們把臉露出海面，用不可思議的表情偷看著達爾辛。

這座島上的海豹比達爾辛以往看過的海豹還要大上一倍，特別是有些公海豹足足有一匹馬那麼大。海豹的頭部也像馬一樣那麼長，還有細長直挺的鼻樑。海豹身上有著灰色的毛髮並帶有黑色斑點，母海豹的體積大小約為公海豹的一半左右。

從平坦的石梯上往清澈的海水裡一望，墨綠色的長昆布在水中搖來晃去，彷彿和魚兒及海豹在共舞。達爾辛立即脫光身上的衣服，跳進冰冷的海水中，他學著海豹潛到水裡，一直潛到耳朵感到疼痛的深度。

在海中游泳完後，達爾辛在海岸四周走了好一會兒，他發現岸上有許多流木。隨著海水漂來的東西還不止流木而已，隨海浪帶來的大海贈禮還包括螃蟹的甲殼、貝殼、海藻、損壞的船槳、長槍柄、有破洞的漁網、繩子、浮標、抓螃蟹用的籠子，以及達爾辛從未見過形狀細長的小木舟。小木舟是用

整枝樹幹挖鑿而成，達爾辛仔細檢查小木舟後，他發現小木舟沒有任何損壞的地方。達爾辛興奮地到處撫摸小木舟，心想不知道小木舟是從哪裡漂來。

達爾辛把損壞的船槳截短，讓小木舟浮在海面上。他試著划動船槳，結果小木舟在水面畫出一個大大的箭頭，平順地往前滑動。達爾辛感到開心極了，他追逐著在海中游泳的海豹，忘情地玩耍。

當達爾辛發覺時，潮水已漲高許多。達爾辛匆忙地把木舟、破網、浮標及籠子等物品移到不會被海水沖走的安全場所後，撿起自己差點就要被沖走的衣服及行李。然而，此時先前走來的路已被海水淹沒不得通行。海浪碰撞岩石濺起白色飛沫，大海咆哮的聲音越來越劇烈。

「嘎啊！嘎啊！達爾辛、快來！達爾辛！這邊！快來！」

歐布大叫著。牠擔心地從懸崖上飛下來，隨即又往海浪更加洶湧的海角飛去。

「達爾辛！這邊！嘎啊！」

雖然達爾辛心想那邊看起來更危險，但又想著歐布每次帶路都不曾出過差錯。洶湧的巨浪仍不停地拍打著海角。達爾辛站在斷崖下，聽著猶如怪物吼叫聲一般令人生懼的海浪聲，找不到任何退路。大海咆哮的聲音越來越劇烈，這時如果跳入大海游泳，勢必會溺水。歐布仍然在上空不停地叫著。

就在達爾辛四處張望之際，他發現懸崖上有一條細長的裂縫，裂縫看起來似乎是可供瘦小的羊隻通過的小徑。達爾辛攀上懸崖，鑽進裂縫裡一看，發現裂縫深處有一個從懸崖上方或從海上都無法看見的矮小洞口。

達爾辛走進洞窟後發現入口處附近有一灘淺水池，池水在夕陽的照射下，閃爍著金色和銀色的光芒照亮整個洞窟。水池上方有冰柱垂下，水滴從冰柱滴咚、滴咚地滴落，美麗悅耳的聲音在洞窟裡響起。水滴聲協調地融入洞窟外的海浪旋律之中，彷彿在演奏著樂曲。達爾辛蹲下來喝了一口池水，滑入口中的池水沁心冰涼。

比起在山邊懸崖下的洞窟，這裡的洞窟天花板更高，深度更深。這個洞窟裡還會有微風吹來，那感覺就像動物睡著時呼出來的氣息一樣。洞窟裡有石塊堆成的舊火爐，更深一點的地方還有泥炭做成的睡床。很久以前一定有人住在這裡過，這是一個絕佳的藏身處。

筋疲力盡的達爾辛把狼皮鋪在地上，吃了魚乾又喝了大量的水後，便沉沉睡去。

不知道過了多久，沉睡中的達爾辛在夢裡聽見悲傷的歌聲。死去的人們從海上回到這裡，正在唱著美麗但詭異的歌曲。歌聲越來越大，達爾辛因而醒了過來。在摸不著邊際的黑暗中，達爾辛的身體因為恐懼而變得僵硬，他的心臟噗通噗通地跳著。海浪聲聽起來像是在嘆氣的聲音，滴落的水聲在洞

窟裡響起，洞窟外不知道是哪些人正在唱著悽涼又詭異的歌曲。

「喔喔喔喔喔……喔喔喔喔喔……喔喔喔喔喔……。」

歌聲隨著海浪湧上來，又退下去。這是夢嗎？還是提爾泰族的幽靈呢？達爾辛小時候曾聽說在海中溺斃的人每年都會從海中回到陸地來尋找家人或戀人，難道這個傳說是真的？達爾辛當初聽到這個傳說時是在溫暖的火爐旁，被光線和人們的溫馨，以及母親溫柔的笑臉所包圍，但現在的達爾辛卻是孤單一人在黑暗洞窟裡，甚至連灰狼咕嚕都不在他的身邊。

達爾辛抓起魚矛及小刀，在黑暗中踮著腳尖緩緩走向洞口。

數不盡的星星在夜空裡閃爍，半圓形的銀月恰巧從海面升起，達爾辛聽見懸崖下確實有好幾個人在唱歌。

「喔喔喔喔……喔喔喔……喔喔……。」

達爾辛害怕地往懸崖下方走去，微弱的光線中他看見有十三個人躺在岸邊，大聲地對著彼此唱歌。達爾辛不由地起了一身雞皮疙瘩。等到達爾辛逐漸習慣微弱的光線後，他看見十三個人的頭部和身體，可是卻看不見他們的腳。看著其中一個人從岩石上跳入海中，達爾辛不禁笑了出來。

（那不是人類也不是幽靈，那是海豹啊！原來是海豹們的大合唱啊！）

達爾辛不再感到恐懼，他高興地和海豹們大聲唱著同樣的歌曲。

「喔喔喔喔喔……喔喔喔喔喔……喔喔喔喔喔……。」

唱著唱著，回聲從懸崖上傳來，還同時傳來咕嚕的叫聲。

東邊的天際開始染上些許桃紅色的色彩，天色逐漸亮了起來。

Chapter 8
狩獵

達爾辛趕在下雪前採集了大量的樹果，其中包括有可以直接食用的栗子、山毛櫸堅果、核桃、榛果，以及必須去掉污垢才能夠進食的橡果。達爾辛還準備了乾燥的海苔、海帶芽及昆布，好在冬季裡當成蔬菜來吃。

由於幾乎沒有人會來到這裡的海岸，所以達爾辛在冬季裡也能夠抓到很多的魚和貝類。

達爾辛利用撿來的破網做成抓穴兔的陷阱。不過，即使沒有使用陷阱，達爾辛也能夠以投石繩輕而易舉地抓到兔子了。然而，隨著咕嚕一天一天成長，身體一天一天茁壯，牠需要更多的肉和油脂。雖然達爾辛曾經想過抓海豹來給咕嚕吃，但海豹是和他一起歌唱、一起游泳的同伴，再說海豹們現在對達爾辛都不再有戒心，達爾辛不能就這麼背叛牠們。

達爾辛憑著從前的記憶，試著做出達格中士曾描述的標槍投擲棒，達爾辛另外還做了六支與箭矢同樣帶有羽毛的標槍。達爾辛每天練習投擲好幾個小時的標槍，直到肩膀和手臂感到酸痛才肯罷手。在達爾辛如此勤奮的練習下，終於能夠在三十步的距離內射中兔子。

◊雷鳥

◊ 達爾辛親手做的抓兔陷阱

達爾辛接著以腳程飛快的野生黑羊為追捕目標，但要獵捕黑羊是一件很困難的事。達爾辛因此從懸崖邊掉落一根寶貴的標槍，另一根則因為投中石塊而斷成兩截。

有一天，達爾辛順利地接近羊群。海風咻咻地吹過，發出強大的聲音，乾枯的褐色蕨叢隨海風左右搖擺。達爾辛像條蛇一樣躲在蕨叢中，無聲無息地一步一步緩慢接近羊群。

羊群裡的羊老大是一隻雄壯的公羊。自從灰狼咕嚕來到這座島嶼後，黑羊們都提高了警戒。黑羊們不時抬頭四處巡視，並皺起鼻頭東嗅西嗅。達爾辛並沒有忘記考量風向的重要性，現在的風向正是從羊群所在的位置吹向達爾辛。

此時，烏鴉歐布突然從羊群的另一邊大叫「嘎啊！」，受到驚嚇的黑羊們同時往聲音傳來的方向望去。達爾辛站起身子，握住標槍及投擲棒，丹田有力地叫了一聲「呀啊！」，並使出渾身力量投出標槍。標槍以驚人的速度和力量直飛向前，噗嗤一聲插進公羊的身體。儘管標槍前端的黑曜石已射穿公羊的心臟，公羊仍然拚命地和羊群一起朝著懸崖方向逃跑，但最後終究還是在懸崖前倒了下來。

對達爾辛和咕嚕來說，被標槍射中的黑羊無非是最美好的恩惠。營養十足的肝臟，肥美的羊肉及羊脂，還有最大的恩惠莫過於在寒冬的夜裡能夠

保暖禦寒的黑羊皮。達爾辛取出被標槍射穿的心臟，用雙手捧著往山丘上走去。達爾辛走到石柱的圓圈中央把心臟輕放在祭壇上，低頭默默在心中向眾神獻上感謝的祈禱。

這次成功的狩獵讓達爾辛增添不少信心，即使被禁止使用弓箭，他也能夠抓到鹿或山豬等大型獵物。咕嚕從這時候開始，也懂得注意達爾辛的舉動和思慮，牠明白狩獵並非在玩耍。

達爾辛細心地剝除羊皮，並把肉和油脂切割下來。對於長期暴露在陽光和海風之下而變得乾燥的皮膚來說，羊脂是最佳的良藥。達爾辛還利用羊脂做了一些蠟燭。達爾辛割下碩大捲曲的一對羊角，把其中一支羊角供奉在祭壇上，另一支則留給自己。

到了晚上，大家都飽餐一頓後，達爾辛靠著柴火堆的光線把羊角裡面清除乾淨，然後切去羊角尖銳的前端並仔細擦拭羊角。達爾辛把羊角貼在嘴上一吹，猶如喇叭聲一般的響亮聲音響透整個洞窟。咕嚕和歐布都被聲音嚇了一跳，達爾辛笑著撫摸咕嚕的頭安撫牠。

凱爾特族在戰爭或追捕山豬時，經常會使用羊角做成的喇叭，而德魯伊們也經常在各項儀式中使用相同的東西。雖然達爾辛被禁止使用人類的語言，但並沒有被禁止吹喇叭。達爾辛興奮地跑到洞窟外，對著天空用力地吹喇叭。咕嚕也跑到外面來，並且隨著達爾辛發出遠吠的叫聲。一波波數不盡的海浪彷彿要奔向達爾辛似地，從南邊的海面湧來。

同一天晚上，有五名男子露宿在島嶼對岸的陸地上，他們是為了獵鹿而展開一星期狩獵之旅的村民。這天，男子們抓到了三頭鹿，他們正一邊烤肉，啃著硬梆梆的麵包，一邊喝著蜂蜜酒閒聊往事。

五隻和男子們一起行動的獵犬突然站起身子，並開始吼叫個不停。為了搬鹿而帶來體型小卻極為結實的矮種馬也開始嘶叫，並用前腳拍打地面。男子們手持各自的武器站了起來。

「什麼聲音？是狼嗎？」

「不止狼的聲音！仔細聽！」

男子們傾耳一聽，除了遠吠聲之外，還聽見不一樣的聲音。那聲音時而高亢時而低沉，令人毛骨悚然的聲音乘著海風陣陣傳來。猶如回聲傳來一般，山上的狼群也開始遠吠。聽到的還不止這些聲音，島上的海豹群也同時唱起歌來。

五名獵人為了獵鹿而勇敢闖進這座沒人敢接近的山裡，他們互相看了一眼後，隨即把獵犬叫到身旁並加了大量的乾柴在火堆裡。

「喂！你們知道嗎？聽說這附近會出現提爾泰族的幽靈，天一亮我們還是離開這裡比較好。」

「嗯……。可是這裡有這麼多鹿群，最少還要再抓三頭鹿。」

「可是，這叫聲太恐怖了。你聽！這聲音就好像地獄之門被打開了一樣。明天一早我們就離開這個海岸，往山上去吧。」

「真的耶！我看今天晚上還是不要睡覺的好。免得睡著的時候，靈魂還是頭顱就不見了。」

「住嘴！別亂嚇人！」

「好了！在這一片漆黑裡什麼也做不得，等回到村裡再請德魯伊為我們驅邪吧。這地方陰森詭異沒有人敢接近，所以才會有這麼多鹿群。我們是堂堂凱爾特族的男子漢，不要畏畏縮縮的！」

最年長的獵人雖然口中這麼說，但他的右手卻緊緊握住長槍，左手還不停摸著掛在脖子上的守護項鍊。這一晚對他們來說是一個漫長無盡的夜晚。

過了好幾天後，達爾辛利用在岸邊找到的小木舟從島嶼划到對岸的陸地，這麼一來也就不怕弄濕行李。歐布飛在達爾辛的前面，咕嚕則跟在木舟旁邊游泳。山上到處傳來鹿鳴聲的回聲，那是公紅鹿挑戰對手時的鳴叫聲。

這天早上下了霜，無論是地面上、雜草或樹枝上都閃耀著白色光芒。

達爾辛把木舟和用不著的行李藏好後，只帶著極度簡單的生活物品及狩獵工具往山上走去。咕嚕剛開始一直追逐著兔子和雷鳥玩耍，但在歐布通知達爾辛鹿群的存在後，咕嚕隨即安靜了下來。咕嚕與達爾辛保持一定的距離試圖接近鹿群。為了不讓鹿群發現他們的存在，咕嚕和達爾辛在能夠掌握彼此行動的距離下，一邊考慮風向，一邊悄悄地接近鹿群。

達爾辛的獵鹿行動雖然沒有非常順利，但在離開島嶼的第三天終於抓下一頭公鹿。達爾辛當場解剖起公鹿，歐布在一旁的石塊上一邊輕快地跳躍著，一邊自言自語了起來。

「達爾辛、朋友、嘎、嘎、嘎！吃飯了！討厭、給我吃！嘎啊！」

達爾辛笑著正打算先把肥大的肝臟切下一小塊分給歐布和咕嚕吃時，歐布突然發出通知危險的尖銳叫聲，並張開翅膀從石塊上飛走了。達爾辛抓起標槍投擲棒和咕嚕離開公鹿橫躺的地方，並壓低身子。

達爾辛感覺到風向改變了，這時突然有十五頭母鹿從山丘上奔跑而來。或許是因為達爾辛躲在石塊的後面，母鹿們沒有發現他們的存在而筆直奔向他們。達爾辛架起標槍投擲棒做好準備，咕嚕早一步越過達爾辛旁邊跳了出去，並試圖把鹿群追趕到距離達爾辛更近的位置。奔跑的鹿群後方有七匹狼正緊追在後。

達爾辛連續投出兩支標槍，一支標槍射中一頭鹿胸部接近肩膀的重要部位，被射中的鹿立刻倒地不動。另一支標槍射中不同一頭鹿的腹部，達爾辛原本打算追捕受傷的鹿，但他立刻發現這頭鹿的奔跑方式並不尋常。

咕嚕如同狼群的成員般，排列在狼群之中追趕著受傷的鹿。達爾辛安靜地看著狼群和鹿之間的亡命追跑。狼群一發現受傷的鹿開始變得腳步踉蹌，隨即迅速撲到鹿的身上，其他僥倖存活的母鹿則往山谷的方向一路逃去。

這天達爾辛一共獵捕了三頭鹿，他為自己留下最初抓到的公鹿，以及剛剛射中的第一頭母鹿，由於第二頭母鹿是在狼群的協助下才抓到，因此達爾辛公平地分給狼群。

可是，達爾辛寶貴的標槍還插在分給狼群的母鹿腹部上。雖然在野生動物吃東西時靠近牠們是相當危險的行為，但達爾辛決定照動物的規矩來採取行動。

達爾辛從屬於自己的鹿隻身上取出兩塊肝臟及心臟，並用雙手捧著緩慢走向狼群。所有狼隻不再吃東西，全都停下來看著達爾辛。狼隻分為前、右、左方向包圍達爾辛，並擺出備戰的姿勢。達爾辛站住不動，緩慢地把手中的肝臟及心臟擺在地上，再緩慢地往後退。比咕嚕高大許多的公狼用黃色眼珠目不轉睛地看著地上的肝臟及心臟。

達爾辛蹲在地上，安靜地等候著。咕嚕原本打算咬起地上的肝臟，但被狼群裡的狼老大威脅喝止。這隻公的狼老大一邊注視著達爾辛，一邊稍稍走向前，此時母狼迅速咬了一塊肝臟逃走了。公狼也當場大口大口地吃起另一塊肝臟。咕嚕再次想要咬起心臟，還是被狼老大給喝止了。咕嚕氣餒地走到達爾辛身邊，舔著達爾辛沾滿鮮血的雙手。咕嚕似乎還不夠資格被允許與狼群一起進食，達爾辛輕輕撫摸咕嚕的頭。對咕嚕來說，這是一個了解狼群規矩的大好機會。

等到狼群進食完後，咕嚕走到狼老大身邊像隻幼犬一樣趴在狼老大的背上，隨即又露出光禿禿的肚子給狼老大看。體型碩大的灰狼老大嗅一嗅咕嚕的體味後，便允許咕嚕站起身子。

達爾辛也跟著緩緩站起身子，他一邊注視著狼群及臥倒在地的鹿，一邊小心謹慎地接近牠們。達爾辛壓抑著心中的恐懼，專心地想著投出去的那支標槍。達爾辛在腦海裡描繪著投擲標槍時、射中獵物時，以及狼群追逐並壓倒獵物時的景象。狼老大雙眼緊盯著達爾辛，還露出雪白尖銳的牙齒，但是並沒有要攻擊達爾辛的意思。

達爾辛拔出插在鹿隻身上的標槍，立刻安靜地退下。退到距離鹿隻約五十步左右的地方，達爾辛朝著一塊石塊撒尿，咕嚕也跟著在石塊上撒尿。達爾辛撒尿完隨即離開現場。

達爾辛離開不久後，狼老大靠近石塊嗅了嗅味道後，隨即把後腿抬得高高的朝石塊撒尿。這是狼老大表示「我是老大」的舉動。

達爾辛開始解剖鹿隻，並取下鹿皮及鹿角。這時歐布的烏鴉同伴們早已聚集在附近，達爾辛把內臟和帶有一些肉的骨頭分給烏鴉們吃。今天可以好好享用豐盛的一餐了。

達爾辛用剝下來的鹿皮包起鹿肉和厚厚的一層背脂後，便離開了現場。咕嚕高興地叼著一隻母鹿的前腿。對年紀還小的咕嚕來說，達爾辛才是牠的老大。等咕嚕到了討老婆的年紀時，相信牠會尋找野生的狼群回到狼群生活吧，畢竟這樣才符合大自然的法則。

這天，達爾辛決定棲身在看似有人使用過的小洞窟裡，他生起火堆並開始燒烤一些生肉，達爾辛同時還把其餘的生肉切成細條狀加以保存。只要能夠抓到六頭像這樣體型壯大的紅鹿，再加上秋天裡準備好的魚乾等保存食物，就足夠提供達爾辛、咕嚕及歐布到明年春天的食物。還有鹿皮也是度過嚴酷寒冬不可或缺的必需品。

達爾辛抓了一小把帶來的藍莓乾咬了幾口後，邊喝水邊思考著明天狩獵的場所。一旁的咕嚕嘎吱嘎吱地啃著母鹿的前腿。

五名獵人回到村落後，迫不及待地要把這次旅行遇上的奇妙經驗告訴其他村民。照以往的慣例來說，獵人通常會自豪地說著誰最先抓到鹿隻，或是誰的獵犬最聰明，但這次的情形卻不同。獵人們聽見島上傳來的詭異聲音，以及後來看見狼人的話題在整個村落傳了開來。

「我們在山上休息的時候，看見追著鹿群跑的狼群之中有一名男子，這名男子竟然把他殺死的紅鹿分給狼吃。」

「怎麼可能……」一名年老的村民說。

「是真的！我親眼看見那名男子像在摸小狗一樣摸著灰狼。」

被請來的德魯伊開口問道：「那名男子有使用弓箭嗎？」

「沒有！他使用的是長槍，而且還是速度飛快的長槍。那速度之快，絕非人類所為。您能想像嗎？用人類不比馬匹的雙腳助跑後投出去的長槍竟然能夠打倒紅鹿，太驚人的腕力了！」

「你們有看見那名男子的臉孔嗎？」

「不，他距離我們實在太遠了，不過他有一頭黑色的長髮。」

「唉呀，該不會是提爾泰族的幽靈吧。太恐怖了！」一名婦人說。

「總之還是先通知官員的好。」村長看了獵人一眼說。

「那黑色長髮的男子真的只是獨自一人嗎？」德魯伊再次發問。

「人類只有男子一人，另外還有八匹狼。男子的肩膀上還站了一隻大烏鴉。」

「聽起來好像偉大的摩根喔！」婦人說。摩根擁有三重面貌，祂是掌控戰爭、死亡及復活之神。

「不對，摩根是有著紅色頭髮的女性。話說回來，這名男子竟然能夠沒有受傷也沒有生病地在荒山野外生活，該不會是被流放的達爾辛王子吧。」德魯伊喃喃地說。

◇大烏鴉

「王子還那麼年輕，怎麼可能和狼群一起狩獵。雖然這麼說有些殘忍，但我想王子應該早就死了，你們看到的說不定是變身成人類的妖怪或狼人。」

「哇！好恐怖喔！」女子們開始叫嚷了起來。

德魯伊輕撫鬍鬚說：「嗯，總之在下次的德魯伊評議會時，得先報告這件事情才行。這件事情大家可別太宣揚啊！」

「各位，晚上記得要關好門窗！」村長說完並把話題結束。

Chapter 9
參見康拉王

康拉王的臉龐因長期在陽光曝曬、海風吹拂之下，變得如老鹿皮一般粗糙，以往近乎紅色的金髮和鬍鬚也有一大半已泛白。康拉王高大魁梧的體型與出征前相比明顯消瘦許多，但他的神情依舊精悍俐落，如清晨天空般的灰眼珠裡閃爍著充滿力量與毅力的光芒。

康拉王的大座椅上鑲著由海象牙和翡翠雕刻而成的花紋，刻在白牙與綠石表面的細緻圖案有北國的鳥類，如雁、鴨、秋沙鴨、紅喉潛鳥、雷鳥、貓頭鷹、大烏鴉，動物有麋鹿、白熊、兔子、狼、狐狸、海豹、鯨魚，以及綻放在北方的各種花朵。這張座椅是凱爾特族和沙克列族的男子們為國王製作的椅子。座椅上的花紋是將多數漩渦構成的凱爾特族特有圖案，搭配上沙克列國的大自然圖案。座椅上披著華麗的白熊毛皮，腳邊位置鋪著柔軟的冠海豹皮閃閃發出銀黑色的光芒。

康拉王身邊站著艦隊的說書人亦為德魯伊的卡斯巴。達格中士把長劍和頭盔擺在前方，左手和左膝碰觸地面，深深低著頭跪在康拉王的面前。淚水從達格中士滿是白鬍鬚的臉頰滑過，並填滿了達格中士臉上的皺紋和傷口。

◇野玫瑰

「達格。好了，快起來吧！」康拉王以時而會在家臣或達爾辛面前流露出來的溫柔眼神說。「你不顧生命危險地保護我的兒子，還千辛萬苦地來到這裡向我報告，我感謝你都來不及了，怎會怪你呢。你可是我的左右手啊！快把頭抬起來吧！真正的戰爭這才剛要開始，大家都需要你的幫助。來，起來吧！」

康拉王用雙手扶起達格，達格站起後用衣袖擦了擦哭腫的眼睛。

康拉王用力地抱住身壯如熊的達格。

堅硬如冰山的紫燈芯在康拉王胸中點燃怒火，如果是早些年前的康拉王，他一定會毫不掩飾地把這股怒氣向周遭的人發洩。然而現在的康拉王和過去不同了。雖然一想到兒子達爾辛就讓康拉王感到如胸口被撕裂般的痛苦，但現在能做的只有為達爾辛祈禱而已。

北方已進入嚴酷的冬季，為了保護船艦不受到流冰破壞，所有船艦幾乎都被拉上陸地。為了迎接明年春天的戰爭，現在必須做好準備，最重要的是康拉王不能在這個時候讓自己的國家發生內亂。

這段期間為了保有冬季所需的食物、油脂及毛皮，數百名凱爾特男子與沙克列族一同搭乘沙克列族的三角帆船和獨木舟出海捕抓海豹、海象及一角鯨。男子們還會遠赴南邊海域挑戰最後的捕鯨行動。在島上，也會頻繁地獵殺過境到這裡來的雁、鴨。北方的基地四周有著大量可燃燒的泥炭，開採泥炭並加以乾燥也是一大費力的工作。

說書人卡斯巴手中收到聖人拉格達寫有暗號的信件，卡斯巴看著信件的內容，心想必須找時間和康拉王長談一番。

達格中士、布莉姬、布莉姬的兩個兒子加儂和葛儂、達格中士的十五歲姪子伊拉可，以及沙克列男孩伊披所搭乘的三角帆船在航海途中遇上暴風雨，他們的船不敵強風駭浪的襲擊，一連被推向西邊好幾天。就在船上的水和食物即將耗盡的時候，海面總算恢復了平靜。

當大夥兒正在修理船身損壞的地方時，從遠處看見紫色的風帆。依風帆的外型判定是南方國家的商船後，大夥兒拚命地招手並用盡丹田的力量大聲呼喊。就在大夥兒叫喊之際，商船改變了航向，朝三角帆船的方向駛近。

這艘商船在暴風雨中也遭到相當大的損失，船上有三名船員被巨浪捲走，船長高興地迎接達格中士們加入他們。布莉姬的兩個兒子是經驗老道的船員，伊拉可和伊披也擅長於繩索使用及船上作業，對商船來說達格中士們的加入是求之不得的好事。

非常幸運地，商船的目的地正好是康拉王的基地，達格中士和布莉姬都感到開心不已。拜康拉王勇猛奮戰之賜，薩斯納克族的海盜船不再頻繁出沒，商船也能夠安心地駛近北海和北方各國進行交易。商船為基地留下了藥草、辛香料、各式各樣的工具、木材、保暖的毛毯及麵粉等貨物，但相對地也從基地拿了毛皮、海象牙、一角鯨的巨大長牙、有強韌彈力的鯨魚長鬍鬚，還有翡翠等物品返回南方。

這艘商船上還載有未曾見過的武器，那是外型如十字架的大型弓箭。弓箭用來射出箭矢的部位並非使用一般常見的紫杉木，而是使用強而有力的鐵彈簧。由於這個巨型弓箭的力道實在太過驚人，它必須同時使用兩手捲動鋸齒狀鐵爪才能發射。雖然箭矢的長度僅有長弓箭的一半長，不過它既沉重又粗大。把弓箭以長木材做成的部位後端頂在肩上，瞄準目標一拉扣環，箭矢即以驚人的速度和力量筆直地飛射出去。如果是凱爾特族的長弓箭，必須訓練十年以上才能夠正確射擊，但換成這個武器的話，只需要一個月左右的時間就能立即上手。這是不需費力的劃時代新武器。

除了巨型弓箭之外，商船上還有達格中士未曾看過也未曾聽說過的恐怖箭矢。這種箭矢的形狀和一般弓箭的箭矢並無不同，但箭矢前端有一個蛋型陶器。這個蛋型陶器裡裝有鐵製箭頭、白色粉末及黏稠狀的黑色物體。這顆蛋型陶器一旦破裂，裡面會發出青白色的光，四周隨即燃起熊熊大火。燃起的火焰並無法用水澆熄，火球裡的鐵製箭頭會四處飛射，一旦樹木或鎧甲被鐵製箭頭射中，便會開始燃燒。為了安全運送這種恐怖箭矢，商船上準備了裝有濕沙的桶子，並將綑綁成束的箭矢插入其中。

達格中士對著正在說明箭矢功用的船長說：「你願意提供如此驚人的新型武器，真是太感激了。」

船長一邊摸著黑鬍子，一邊笑著說：「我們都非常信任康拉王，再說凱爾特族將來也沒有和我們打仗的理由，你們應該不會想和南方的國家打仗吧！我們南方國家也是抱著一樣的想法。凱爾特國下雨天那麼冰冷，冬天既漫長又黑暗……沒事、沒事，總之我們非常樂意把這些武器交給你們。哈！哈！哈！話說回來，薩斯納克族的海盜可真是把我們害慘了。在康拉王出戰前的這二十年來，海盜船在南方的海域上可說是毫無忌憚地大肆掠奪。」

達格中士點了點頭。船長把右手搭在達格中士的肩上說：「我們真的非常感謝康拉王和他的士兵們，拜他們所賜，我們才能夠拿到北方的珍稀物品，也能夠放心地和凱爾特人做生意。」

船長笑著繼續說：「這次在基地卸完貨後，回程我會前往凱爾特國拜訪剛達總督。因為剛達總督每次都願意花大錢跟我們買葡萄酒、亞力酒（Arak，一種烈酒，用椰子汁、糖蜜或大米釀製）、華麗的絲綢、精緻的陶器、日曬過口味甜美的棗乾及無花果。當然我不會說出我們到過康拉王基地的事，這點請你放心。像我們這種跑船的生意人，經常聽到各種不同的謠言，不過我們是站在康拉王這邊的人。我們由衷地希望康拉王早日獲勝，並回到凱爾特國，國民都引頸期盼著這一天的到來。我也是一個有情有義的人，我相信世上有比金錢更重要的東西。達格先生，要不要到我的客艙去喝點葡萄酒呢？葡萄酒是挺有效的感冒藥呢。這次要換你告訴我關於你的故事了喔。」

康拉王的基地位在一座大島嶼的長型海灣，這裡是從前薩斯納克族最南端的基地。在薩斯納克族掠奪這塊土地之前，這裡住著名為皮克特的民族。

皮克特族的人體型粗壯矮小，髮色為黑色或栗色。雖然皮克特族的語言和凱爾特族截然不同，但凱爾特國的德魯伊們都非常熟悉皮克特國的神名、宗教與傳說。雖然很久很久以前兩國曾經打過仗，但基本上他們是關係十分良好的兩個民族。因此，當康拉王從薩斯納克族手中奪回這塊土地時，皮克特族的人再開心不過了。

康拉王透過說書人的德魯伊卡斯巴向皮克特族許下承諾，當戰爭結束，北方的海域恢復和平時，他一定會把這座島嶼歸還給皮克特族。在那之前兩民族對著彼此的友情與和平宣誓，並簽下凱爾特國的船隻可自由使用海灣的條約。

皮克特族長期受到薩斯納克族海盜的欺負，不僅村落被燒毀，家畜被掠奪，年輕女子和小孩也都被海盜當成奴隸搶走，因此皮克特族非常樂意協助康拉王。

皮克特男子的臉上和身上都刺有獨特圖案的刺青，布莉姬第一次看見他們時，被嚇了一大跳。在布莉姬眼中，他們看起來像極了從地獄裡爬出來的矮小鬼怪，但了解凶惡外表下，擁有溫和性情的皮克特族後，布莉姬就立刻喜歡上了他們。布莉姬和皮克特族的老婆婆們特別親近，她們互相交換治療疾病或傷口的山中藥草知識。

不同於凱爾特族，皮克特族的薩滿（巫師）幾乎都是女性，其中一位女巫師費娜阿姨和布莉姬特別親近。

費娜阿姨的丈夫和三個兒子全都被薩斯納克族的海盜殺害。根據費娜阿姨的說法，他們四個人的靈魂分別投胎轉世變成海豹、紅喉潛鳥及河獺等動物。費娜阿姨因此在她的臉上刺了這些動物的刺青，她的額頭上有海豹、右臉頰有紅喉潛鳥、左臉頰有河獺的紫墨及黑墨刺青。

費娜阿姨用她笨拙的凱爾特語向布莉姬說：「因為有這些刺青，所以我能夠聽見他們從大海、從鳥巢、從河川告訴我很多很多的事。」

隨著時間的經過，布莉姬和費娜的感情好得就像姐妹般心靈相通。

布莉姬決定在這座島上的一間圓形小石屋居住時，她和費娜阿姨進行了一個特別的儀式。這是一個在凱爾特語裡被稱為「凱姆」的儀式。

「布莉姬」對皮克特族而言，正是神的代表。布莉姬是鐵之神、泉水之神、醫療之神、詩歌之神、愛之神，以及連接過去到未來之神，布莉姬是兼具強大力量與溫柔的神名。

首先，布莉姬用黏土做了一個達爾辛模樣的小人偶，然後在小石屋中央的火爐灰燼上，用餘火未盡的木炭排成一個圓圈。這個圓圈代表著有好幾雙紅色眼睛的守護神。接著在圓圈中央堆起三座小山，把全新且形狀良好的細木炭點燃，並把細木炭立在圓圈中央。接下來再把三塊飄散著芳香煙霧、徐徐燃燒的泥炭擺在圓圈中央，並使泥炭排列成紅色三角形。

黏土做成的達爾辛人偶被立在圓圈中央，餘火發出紅色的光芒，泥炭飄出的白色煙霧從小石屋天花板上的洞口，緩緩升上天空。當兩個女人圍著火爐繞圓圈時，白色煙霧彷彿輕撫著人偶一般跟著繞圈，隨即往上升去。

兩人朝著順時鐘方向，以同樣的步伐開始緩慢地繞圓圈。兩人用右手的食指指著人偶，並繞了七次的圓圈。布莉姬用古老的語言唱起獻給守護神的祈禱歌，費娜從喉嚨深處發出高亢的假聲，假聲配合著布莉姬的歌聲忽高忽低，猶如山風吹過般唱著喔喔喔喔喔……咿咿咿……呀呀呀……咿咿咿……呦呦呦呦！

儀式結束後，兩人把人偶藏在安全的地方，並再度生起火爐中的火，用山草泡了一壺茶來喝。稍作休息後，費娜說：「這樣達爾辛就安全了，沒事的。達爾辛的名字裡有守護神守護著他。」

布莉姬驚訝地說：「費娜，我從來沒提過達爾辛的名字，妳怎麼會知道他的名字呢？」

費娜用老母雞般的聲音「咯、咯、咯」地笑著說：「達爾辛是自古以來就有的名字吧！皮克特族有一個古老的傳說，傳說中認為所有的人類皆相同，每個人都是巨大生命之樹的種子，也就是說人人都是生命之樹的孩子。當然了，樹上會長出許多分枝，樹葉也會凋零，就像人類會死去一樣。不過死亡後總是會再回歸的，因為生命的先祖都來自同一枝樹幹和樹根。男人們老是記不住這個道理，誰叫大部分的男人都是笨蛋呢。咯、咯、咯。」

布莉姬牽起費娜的雙手，低下頭說「沒錯、沒錯」後，就笑了起來。

「妳不用擔心，達爾辛他會沒事的。」費娜再說了一次。

「達爾辛的達爾也就是Drus（橡樹的古語），是神木的名字，在皮克特語裡稱為蘇。蘇之木指的就是橡樹，橡樹是森林裡生命力最強、活得最久的神木，蘇之木還被稱為雷神。

很久很久以前，皮克特國的氣候比現在還要溫暖許多，樹木的數量也非常多。所以從前的皮克特海軍可說是相當地優秀。但是後來為了造船，蘇之木不斷地遭到砍伐，還有為了製造青銅，也有很多樹木被燒成木炭。

在那之後，氣候就改變了，整個世界變得越來越冷。如今這座島上幾乎看不到任何樹木，只有南邊還留有一些老樹，這些老樹長得矮小，而且被海風吹得彎曲不成形。在皮克特國，如果有人砍伐蘇之木，也就是神木的話，是會被砍頭的。我們會把砍下來的頭顱埋在樹根的位置，然後唱祈禱之歌獻給神木的靈魂，好祈求被砍斷的樹幹能夠長出新枝。」費娜接著說。

布莉姬點了點頭。對凱爾特族而言，橡樹同樣是非常神聖的樹木，特別是有槲寄生的橡樹更加受到重視。槲寄生被認為擁有聯繫天空之神、大地母神、黑暗女神與這個世界的力量。

費娜繼續說：「達爾辛的辛也是很古老的語言，辛是神明摩根的兒子，同時也代表心的意思。凱爾特語裡同樣一個字會有各種不同的含意。就好比大自然跟各種不同生物息息相關的道理一樣，語言也有各種不同的面貌。傳說中，辛因為不忍心看見俘虜和奴隸們受折磨，而幫助他們逃跑，是一位極具慈悲心的神。辛在皮克特語裡代表著橡果的意思，橡果雖小，但其中卻藏著極大的祕密。你看橡果能夠變成那麼巨大的樹木，不是嗎？達爾辛真是個好名字，我想應該是一位偉大的賢者向眾神請示後所取的名字。所以呢，達爾辛會沒事的。」

「費娜，妳說的沒錯。達爾辛是我們一位最偉大的德魯伊取的名字。」

費娜繼續再說：「我做了一個夢，夢裡一名黑頭髮的男子為大家帶來了和平，這就是達爾辛的命運。雖然達爾辛一開始要吃很多苦，不過吃苦會讓他變得堅強，讓他懂得人心，最後他會沒事的，沒事的。」

布莉姬眼中泛著淚光，她在心中默默說：「他已經在吃苦了。」

寬敞的桌面上凌亂散落著船艦的設計圖、北國各處的地圖，以及間諜帶回來的報告書、信件等物。桌面中間擺著一個有敵方的堡壘、港口、碼頭、倉庫、薩斯納克國國王居住的城堡、城鎮、聳立後方的群山，彷彿從天空鳥瞰地上的城市模型。每次一有新的報告，這個模型就會稍有改變，變得越來越複雜且精密。

康拉王的座位後方有一座石造暖爐，暖爐裡的三根粗圓流木發出霹靂啪啪的燃燒聲。地板上鋪著白熊、琴海豹、麋鹿及麝牛等動物的毛皮，厚實的石牆上有六扇小窗，窗戶上貼著一層薄薄塗上油的皮革。

這天已過了日落時分，裝有鯨魚油的油燈點亮柔和的光線，天花板上的橫樑因光線落下的影子在房間裡舞動。康拉王和說書人卡斯巴以嚴肅的表情面對彼此。卡斯巴正在向康拉王報告聖人拉格達所寫的信件內容，康拉王聽了後，緊握拳頭咒罵著剛達總督。

「康拉王，您不可以詛咒命運，命運是由歷史和大自然來決定。明年的北方戰爭能夠解決所有的事情，這是您的命運，您不能現在就想逃離這個命運。」

康拉王搖了搖頭，並用雙手大力拍打桌面。

「這個叛徒！我絕不輕易放過他！」康拉王頂起腹部力量發出聲音，並以凶狠的面孔說。

卡斯巴以沉穩中帶著力量的聲音繼續說：「現在達爾辛王子的命運已交到眾神手中，他正在接受大自然嚴酷的考驗。照拉格達的描述，達爾辛王子現在正坦然面對命運，不斷地在成長。您為了守護凱爾特族的未來而出征，所以不能陪在王子身旁，我們都非常能夠體會您這樣的心情。現在多數的國民都對剛達和阿尼古抱著反抗之心，請您相信留在國內的人民，他們打從心裡盼望著能夠對抗剛達這個惡魔的領導者出現。請您暫且忍住心中的傷痛，就像王子正在忍受痛苦一般，並完成上天託付給您的任務。達爾辛王子在接受大自然的考驗，了解自己真正的存在意義後，我相信王子和您一定能夠為凱爾特族的未來，不，為所有居住在北方的民族創造出美好的未來。」

一行眼淚從康拉王的臉頰滑落。

兩個身影靜靜地映在擦得發亮的深褐色桌面。

「達爾辛是我唯一的兒子啊！卡斯巴，拿下這頂王冠後，我也不過是個普通的父親啊！」

「我們明白，所有凱爾特族的人都明白您的心情。不過，正因為父母愛子女愛得深，所以更能夠了解國家的未來有多重要，相信這點您應該非常贊同。或許現在看起來您必須完成的任務和王子必須完成的任務全然不同，但您們的目標是一致的，將來一定會走向同一個目的地。」

卡斯巴拍了拍手。

「在！閣下。」站在門外守候的隨從走進房間。

「把葡萄酒拿來。對了！為國王準備那如烈火般的亞力酒吧！」

康拉王的臉上總算露出了笑容。

「這提議好！讓我們舉杯為達爾辛的平安和未來祈禱吧！」

◊ 李子

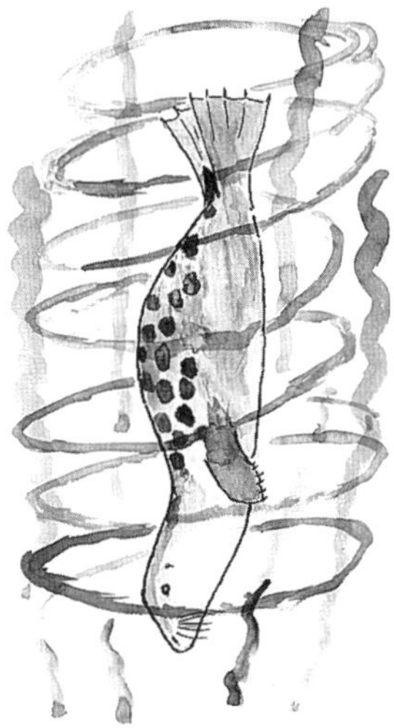

Chapter 10
寶貴的朋友

暴風雨不絕的漫長冬季已遠離，取而代之的是野花隨處綻放的春天。

大海的藍毫不遜色於天空的顏色，晨光落在彷彿一面鏡子的海面上，就像一支光芒四射的長槍筆直地延伸著。輕柔的海風從南方徐徐吹來。達爾辛從洞窟裡走出來，為了採取新鮮的昆布，他來到了岸邊。

達爾辛拉起昨晚拋下海中的籠子一看，發現裡頭有三隻大螃蟹。他用昆布包住螃蟹和蛤蜊埋入燃燒後的木炭和熱砂堆裡，接下來只要等上三個鐘頭，就能完成一道美味可口的料理。利用等待料理烹調好的時間，達爾辛和咕嚕一起出發去獵打穴兔。

途中達爾辛聽見海鷗吵嚷不休的叫聲。海岸附近崎嶇不平的岩石堆上，有五隻大黑背鷗停在平坦的石塊上發出「吱！吱！咿！咿！」的聲音不停在吵鬧。達爾辛走近一看，發現平坦的石塊中央有一頭正在分娩的母海豹。

儘管看見達爾辛靠近，大黑背鷗們絲毫沒有要飛走的意思，牠們打算攻擊正要出生的海豹寶寶。就像達爾辛從前目睹小羊被攻擊的情形一樣，大黑背鷗們打算用嘴巴啄母海豹的眼睛好趕走母海豹，然後把海豹寶寶當成牠們

◊ 海豹特斯拉

的食物。達爾辛的腦海中浮現兒時目睹大黑背鷗攻擊小羊的景象，從那時開始達爾辛就厭惡起這種在空中優雅翱翔的大型海鳥。

達爾辛把這件事情告訴聖人拉格達後，被拉格達責備道：「對生物不可以持有偏見，所有生命都是美麗的。」

然而，眼前不斷拍動黑白羽毛的大翅膀，有著黃色眼珠的海鳥在達爾辛眼中卻像極了惡魔，分娩中的母海豹已無法從惡魔手中逃脫。

達爾辛丟下手中的昆布，把石子放進投石繩的皮囊，隨即在頭頂上甩動投石繩，咻嗚！咻嗚！咻嗚！石子被用力地投出。叩的一聲，石子丟中大黑背鷗們停留的石塊，大黑背鷗們飛了起來，但立刻又飛回石塊上。

達爾辛接著瞄準大黑背鷗把石子投出。石子正中站在最後面的一隻大黑背鷗頭部，大黑背鷗「哇嘎！」的叫了一聲，隨即倒在石塊上。倒下的大黑背鷗不斷拍動翅膀，跳完死亡的舞蹈後，就一動也不動了。其他大黑背鷗全都發出吱、吱的叫聲，往達爾辛和海豹的上空飛去。

達爾辛安靜地走到石塊上，把大黑背鷗的屍體往大海丟去。這時黑背鷗和灰翅鷗的叫聲也加入了騷動的行列，牠們啄食浮在海面上的海鳥屍體，把屍體扯向四面八方。正當達爾辛為了趕走聚集而來的海鳥們，不停投出石子的時候，歐布聽見騷動而飛了過來。

母海豹又圓又大的黑眼睛裡充滿了淚水，露出恐懼的光芒。

達爾辛在母海豹身邊蹲了下來，他一邊溫柔地撫摸母海豹的腹部，一邊安靜地唱起海豹之歌。母海豹眼神裡的恐懼漸漸地退去。

過了不久後，母海豹平安生下一頭白淨柔軟、全身毛絨絨的可愛海豹寶寶。達爾辛坐在附近的石塊上，靜靜守護著海豹寶寶吸吮海豹媽媽的乳房，望著海豹寶寶一臉滿足的模樣。其他海豹猶如浮在水面上的酒瓶般，紛紛把頭探出海面注視著海豹母子和達爾辛。吵嚷的海鷗們已不在附近徘徊，歐布飛下來停在石塊上，傾頭看著達爾辛。

「嘎啊！達爾辛、朋友。」歐布從喉嚨發出咕嚕咕嚕的聲音，小聲地說。

達爾辛一直唱著海豹之歌，並守護在海豹母子身邊直到天黑。到了傍晚，其他母海豹紛紛爬上石塊。牠們是海豹寶寶的阿姨們，這樣海豹母子倆就安全了！

到了晚上，達爾辛靜靜地閉上雙眼，回想著白天發生的事情。他想起兩頭海豹橫躺在海豹媽媽左右，用圓圓的大眼睛注視著達爾辛。相信牠們一定是懂得達爾辛的心意才會有如此舉動，所以達爾辛也就放心地把母子倆交給海豹阿姨們，撿起昆布回到洞窟裡來。

從此，達爾辛每天都會前往岸邊和海豹母子見面。

海豹寶寶每天喝著充滿營養和油脂的母乳，一天比一天茁壯，圓滾滾的身體就像啤酒桶一樣。海豹寶寶身上柔軟的白毛逐漸開始脫落，並重新長出泛起銀灰色光澤、不怕水的光滑毛髮。

海豹媽媽每天都會跳入海中，呼喚海豹寶寶一起下水，然而海豹寶寶卻因為害怕而不肯跳入海中。海豹寶寶躺在平坦的石塊上，撒嬌地發出小嬰兒的叫聲。達爾辛見狀笑著脫光衣服跳入海中。海豹媽媽已完全信任達爾辛，牠和達爾辛在水中一邊呼喚愛哭鬼的海豹寶寶，一邊高興地玩耍。

看見達爾辛們愉快玩耍的模樣，海豹寶寶終於也忍不住地滑入了海中。一滑入海中，海豹寶寶的身體隨即變得輕盈，牠發現自己的身體完全是為了在海中玩耍而有的構造。達爾辛潛入水中拉扯海豹寶寶的後腿，並故意玩弄海豹寶寶。不知不覺中海豹寶寶也能在海中自由地游泳，和大家一起玩耍了。

就在達爾辛每天和海豹寶寶愉快玩耍之間，季節不知不覺地從春天來到了夏天。

在夏天，達爾辛必須完成許多工作。他每天捕抓鮮魚和貝類再加以曬乾，獵捕鴨、雁或兔子再做成燻肉，為了迎接下一個到來的嚴酷季節，達爾辛必須準備保存食物。不過，只要時間上還允許，達爾辛總會在海邊和海豹母子共度時光。

那隻小小的公海豹寶寶日漸成長，變得調皮又搗蛋。當達爾辛拿著魚矛潛入海中捕魚時，海豹寶寶會叼走插在魚矛前端、好不容易抓到的魚，或是在游泳時會故意咬住達爾辛的腳。達爾辛也會騎在海豹寶寶的背上，讓海豹載著他游泳，或是和海豹寶寶玩捉迷藏的遊戲。達爾辛和海豹寶寶的感情變得就像親兄弟一樣親密。

達爾辛替海豹寶寶取了個名字叫特斯拉，特斯拉是海神使者的名字。在凱爾特傳說中，特斯拉是在神之城堡裡跳舞玩耍，為大家帶來歡樂的小丑，這個名字再適合海豹寶寶不過了。

在海面平靜無波的日子裡，達爾辛會划著岸上撿來的小木舟前往附近的島嶼探險，而特斯拉總會跟著達爾辛一起探險。雖然歐布偶爾也會一同外出，但牠最近似乎認識了一隻可愛的母烏鴉。

附近的小島上有許多海鴨和海鷗生下的蛋，每次要拿走新鮮的蛋時，達爾辛總會留下一顆蛋。只要有留下一顆蛋，海鳥們就會繼續再生蛋。每次達爾辛把蛋帶回去時，歐布和咕嚕都開心極了，因為大家都非常喜愛吃蛋。

有一天，達爾辛靜靜划動著小木舟，來到距離陸地約五百步左右的海上。此時，陸地上有三名男子躲在石塊後方偷看著達爾辛，其中一名男子在去年秋天親眼目擊達爾辛和狼群一同狩獵。

這一天，海上掀起的波浪高度約達人類胸前的位置。由於達爾辛的小木舟滿載著大量的龍蝦和螃蟹，因此從遠處看起來，船緣幾乎像是沉在海中。因為這樣的緣故，男子們看不見小木舟，在他們眼中，達爾辛彷彿浮在水面上走路。

「你們看！那傢伙在海上走路耶！他果然是魔法師！」

「不是！那是海鬼西基！那是死掉的漁夫變身成海豹的鬼怪！」

「不！那是秋天看到的傢伙！那頭黑色長髮準沒錯！」

一同外出探險的歐布在空中發現男子們的存在。

「嘎啊！嘎啊！」歐布發出警告聲，然而坐在木舟上的達爾辛並無法看見三名男子的身影。

「喂！又是那隻烏鴉。錯不了，那傢伙是擁有驚人力量的魔法師！」

男子們悄悄地離開石塊，等他們到了從海上看不見的位置後，便拔腿跑向他們留下馬匹的地點，一路直奔村落。男子們倉皇逃跑的模樣，只有大烏鴉歐布和守護在山丘上的黑閃電看見了。

剛達總督一聽到村落裡的謠言，便無視於德魯伊的規定，派出船艦前往看見達爾辛的海岸。剛達總督在沒有提及達爾辛的名字下，向軍隊發出命令。

「給我找出那個惡魔的爪牙，殺了他！他詛咒著凱爾特國，並打算對我們施法。這個惡魔的爪牙會控制動物，留有一頭黑色長髮，身上披著毛皮。在我們國家還沒發生災難之前，把他丟到海底去！我命令我兒阿尼古為隊長，所有人都必須服從阿尼古的命令！」

剛達總督和阿尼古心裡都清楚知道這次的目標正是達爾辛。

因為受到幾天前的暴風雨影響，大海仍然不斷發出巨大的咆哮聲。南邊吹來和煦的海風，載著阿尼古和軍隊的船艦不停靠任何港口，正展開祕密的航行。然而謠言在漁夫之間迅速地傳開：那艘船艦正在尋找黑色長髮的魔法師！

夏天拉長的白晝逐漸縮短，到了傍晚海上已變得昏暗，烏黑厚重的鉛色雲層開始聚集在天空。

「閣下，天空變得有些詭異，我們還是暫時退避到安全的地方比較好。」船長說。

「不行！不趕快找到那傢伙，總督可是會怪罪我們的！」阿尼古露出不悅的表情瞪著船長。

就在此刻，桅杆上的士兵大叫說：「發現目標！右舷前方！」

阿尼古快步走向船頭，雖然還看不清楚模樣，但阿尼古看見海浪與海浪之間有一名男子乘著小船浮在海面上。

「他在右方！全速駛向右方！」

船艦隨著太鼓的聲音加快速度，站在船頭的阿尼古命令船艦兩側各站六名士兵，並架起弓箭。

鉛色天空掠過一道閃電，並在遠處落下。經過幾秒鐘後，氣勢攝人的雷聲響遍整片海洋。船長面帶憂容地看著雲層，但此刻的阿尼古心中，一心一意只想追殺達爾辛。

「是那傢伙沒錯！黑色長髮！給我划！划快點！」

隨著雷聲作響，太鼓咚咚咚的聲音也加快了節奏，船頭掀起如白色翅膀般的白浪，船艦就像一隻巨大的鼓蟲在海上前進。

忽然間一陣冷風吹來，大雨驟落。

達爾辛雖然有察覺到船艦的存在，但一開始並沒有特別在意。那艘船艦既不是薩斯納克族的船，也不是海盜船，只是船隻會出現在這個連漁夫們也鮮少靠近的海岸非常稀奇，所以讓達爾辛特別地注意。然而隨著船艦的靠近，可清楚看見剛達總督的紅綠色旗幟。歐布頂著強風拚命地飛到達爾辛身邊，不停發出危險信號。

達爾辛開始發覺有異，努力地划動著小木舟，但終究無法勝過船艦的速度。箭矢如憤怒的蜜蜂群般朝達爾辛頭上飛來，達爾辛彎著背拚命地操

縱小木舟。

站在船頭的阿尼古不斷高聲叱喝軍隊，然而高浪使得船身起伏不定晃動劇烈，士兵們無法瞄準目標，射出去的箭矢總是落空。

發出紫色刺眼光芒的火槍飛過空中，接二連三地落在海上。四周一片漆黑，天空掠過的閃電把男子們的臉龐映得慘白，並且以幾十秒的間隔清楚勾勒出船艦在海上展開攻擊的景象。水手們臉上全都寫著恐懼，風雨加劇使得桅杆上的繩索不斷拍打並發出咘咘的詭異聲音，船艦開始嘎吱嘎吱作響。儘管如此，阿尼古仍然不肯放棄，士兵們在搖晃的船上拚命地架起弓箭。

設法逃跑的達爾辛迅速轉動著小木舟。

「給我射箭！射啊！」阿尼古對著船艦右側的士兵們大叫，但船艦行駛的動作變得遲鈍，士兵們難以瞄準目標。

「一群笨蛋！趕快把船身轉向右側！」

咻～噗！咻～噗！箭矢接二連三地撞上海面。

在左舷划動船槳的水手們聽從命令，使出全力划槳。隨著船槳的划動，船身朝向右方轉動。

船艦終究還是逼近達爾辛小小的木舟，如老鷹尖嘴般的船頭就在木舟的正上方。達爾辛往上一看，他看見阿尼古因憎恨而變得扭曲的醜陋面孔。

就在那一剎那，小木舟撞上船頭，木舟連同海浪被撞得支離破碎。船艦的右舷船槳直接打在被拋出木舟的達爾辛頭上，叩！船槳發出沉重的鈍聲，達爾辛隨即失去了意識，並緩慢地沉入海中。

「太好了！太好了！」

就在阿尼古大喊的同時，一道閃電落在船上，一名士兵被雨淋溼的頭盔頓時著了火。震耳欲聾的巨大聲響嚇得所有士兵無不放聲哀嚎，四處逃竄。士兵們全都趴在甲板上，不停地抖動身體。猛烈的雷光和聲響緊接而來，一道閃電擊中桅杆。

劈啪劈啪劈啪！咚！

粗大的木頭桅杆像是被巨型斧頭劈開來一樣，裂成兩半並掉落在甲板上。掉落的桅杆四周瀰漫著閃電的氣味，以及一股令人生惡的焦味。

「偉大的神啊！請原諒我們！請救救我們！」

士兵們不知應該逃往何處，口中紛紛喊出求助的話語。

在海中漂流的達爾辛做了一個夢。在漆黑海水的另一端，達爾辛看見一縷微弱的光線，通往海神之國的大門打了開來。一條身披金色、綠色鱗片，發出閃耀光芒的龍繞著達爾辛跳舞，前來迎接達爾辛。

「這裡是龍宮！」

達爾辛不由地想要發出聲音，卻說不出話來。龍果然是住在海底的神明！小時候聽過的凱爾特傳說果然是真的！龍的眼珠猶如鮮紅色的紅寶石，修長尖銳的龍爪是純正的金和銀。龍旁邊還有美麗的人魚公主在游泳，男的人魚也在水中愉快地翻著筋斗。

「啊！那是特斯拉！」

海豹特斯拉的身旁有彩虹色的魚群一同在游泳，達爾辛從來就不曉得原來海底世界是如此美麗的地方。

不知不覺中，達爾辛的四周逐漸蒙上深紫色的陰影，眼前的景象全都消失在陰影中。

達爾辛開始嗆咳，並逐漸恢復了意識，他撥動海水，拚命想要呼吸空氣。當達爾辛察覺時，他的左右有兩隻巨大的動物一邊游泳，一邊支撐著他的身體。

「是海豹！是特斯拉和牠的媽媽！是牠們救了我！」

雖然達爾辛努力地想要游泳，但他的手腳卻感覺像鉛塊一樣沉重。達爾辛已沒有力氣再游泳，海豹母子一邊支撐，一邊推動達爾辛的身體。

雨停了，銀月從雲片之間露出臉來，柔和的光線照映在海面上。達爾辛已不再感到恐懼，現在的他只想要活下去。

過了一會兒，達爾辛聽見海浪拍打岸邊的聲音，兩頭海豹一直保護著達爾辛直到最後。達爾辛總算抵達岸邊，他以匍匐前進的方式從砂石堆前進到柔軟的草地上，立刻倒臥在地。達爾辛蜷縮起身子顫抖了好一陣子後，便陷入沉睡之中。

隔天早上醒來，達爾辛發現咕嚕在身邊為他帶來溫暖的體溫。歐布也飛到旁邊，用牠閃閃發光如黑曜石的眼珠注視著達爾辛。

「嘎！達爾辛、朋友、嘎！嘎！」

達爾辛頓時紅了眼睛，千萬種情緒一次湧上他的心頭。達爾辛腦海中浮現昨晚發生的情景。

阿尼古是從小和我一起長大的表兄，為何他要殺我呢？而且還是用如此卑鄙的手段。我又沒有任何傷害他的舉動，不，應該說我根本沒辦法傷害他。對達爾辛來說，身邊的動物們才是他唯一能夠信任的朋友。

達爾辛站起身子，他的頭部不斷地抽痛，令他感到極度痛苦。不過，幸好身上並沒有其他傷口。達爾辛伸手觸摸腰際，投石繩、打火石還有寶貴的黑曜石小刀都平安無事地繫在腰上。達爾辛決定生火燒一些熱茶來取暖，吃些食物填飽肚子後，再和大夥兒回到海邊那屬於他們的洞窟裡去。雖然失去了小木舟，但寶貴的朋友、手製的工具、這段時間磨練出來的狩獵技巧與知識，以及最重要的是，達爾辛自己的身體與精神都還存在。

達爾辛對著天空向自己發誓：我絕不會忘記心中這份忿恨，總有一天我會報仇的。我都能到海底的龍宮走了一趟再回來，怎可能被輕易打敗呢！

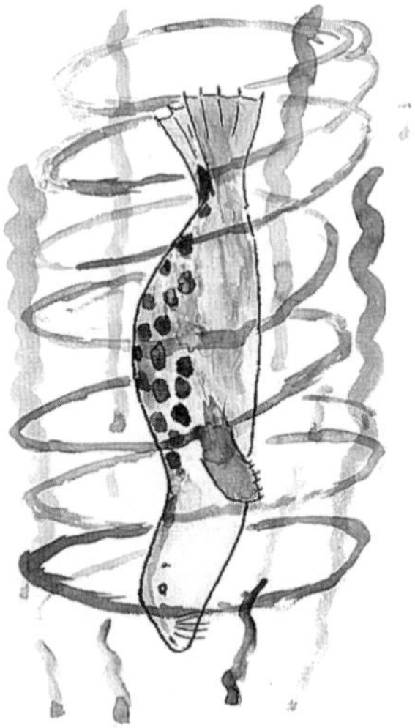

◊ 特斯拉

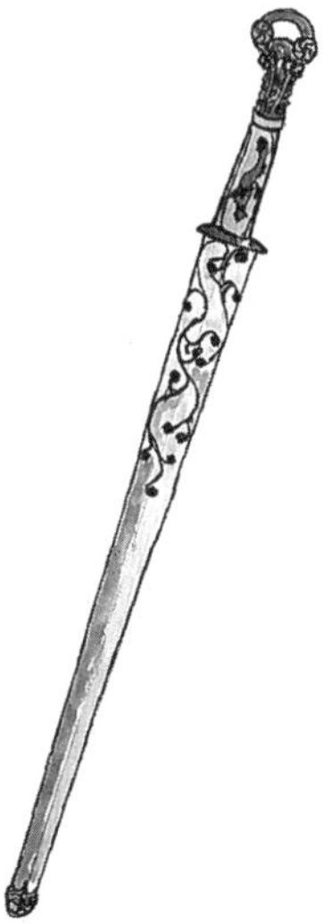

Chapter II
眾神的守護

在小小的漁夫村裡，有一位老漁夫已被要求說了三次同樣的話。

「那個時候我正在岸邊打算用刺網抓鮭魚。那個地方確實有些陰森也很危險，不過天氣好的時候，或是在潮水大漲後可以抓到很多魚。我年輕的時候就經常和父親一起到那裡去。我父親是個勇敢的男子漢，什麼都嚇不倒他。他老是說提爾泰族算什麼，一點都不可怕。尤其是在幾杯啤酒或蜂蜜酒下肚後，他還會說要抓住提爾泰族幽靈的尾巴，撒上鹽巴拿來火烤呢！」老漁夫堆起滿臉的皺紋笑著說。

「老伯，你在那裡有看見什麼嗎？」德魯伊詢問老漁夫。

「我在拉網的時候，有一大半鉤在網子上的魚都被吃得稀巴爛的，根本賣不到錢。都是那些大海豹的傑作，真是拿牠們沒輒。」

「然後呢？」村長再次發問。

「不過，還好有抓到九條不錯的鮭魚，所以也就不再追究那麼多了。」

「我是在問你到底看見了什麼？快點說！」村長不耐煩地說。

「那座龍之島從前被稱為雷島，父親經常警告我不可以進入那座島。不過，村裡有幾名不聽警告的年輕人爬上那座島嶼，最後給黑影子抓去。那島

◇ 標槍投擲棒

上住著一位恐怖的神。」

「老伯，趕快告訴德魯伊大人你到底看見了什麼啊！」

「那座島附近有海豹群棲息著，海豹們經常會爬上岸邊的石塊。那一天，海豹們正在海浪中玩耍，一共有九頭海豹呢。不過我仔細一看後，其中有一頭海豹竟然變身成人類，有著黑色頭髮的人類。他的動作跟海豹一個樣，還會潛到水裡抓魚呢！」

一位德魯伊點了點頭。

「是個男人嗎？」

「是啊，沒錯。那男人還騎在一頭海豹的背上呢。那男人有一頭黑色的長髮。雖然我沒看清楚他的下半身是腳還是尾巴，不過，那一定是尾巴！也就是說，他肯定是西基沒錯，他是在大海死去的人變身成的海鬼西基。」

村長向德魯伊說：「大約一個月前，有一艘船艦來到我們的村落，那艘船的船桅不但裂開來，還燒得焦黑。船上有兩具屍體，我們原本想依照村裡的習慣為那兩人舉辦陸地上的葬禮，可是卻被拒絕了。雖然我們沒能看見死者的臉孔，不過他們似乎不是本地人。

那天晚上，有兩名男子從船上逃了出來。其中一名是水手，另一名是士兵。他們倆跑來求我們提供他們藏身之處。船上的隊長是個傲慢殘酷、令人厭惡的傢伙。我們白天拿出食物和啤酒來招待，他卻連一句謝謝都沒有。當然了，我們並沒有跟他們拿錢，畢竟他們碰上暴風雨也吃了不少苦頭。聽說那個隊長是某大人物的兒子，不過他對我這個年紀足以當他父親的長輩，態度實在惡劣。船長一直向我們道歉，看起來船長他也是挺困擾的樣子。」

「他們是凱爾特人嗎？」

「是的，所有人都是。」

「船長有提到些什麼嗎？」

「沒有。那個討人厭的隊長老是跟在船長身邊，一定是有什麼說不得的事情。那位船長看起來十分憔悴，他偷偷把戴在右耳的金耳環交給我，還小聲地說如果有一名黑髮年輕男子的屍體漂到這裡來的話，就請你用這金耳環替他舉辦一場正式的葬禮。」

「逃跑出來的那兩個人呢？」

「他們躲在糧倉的乾草堆裡。船艦出港過了兩天後，他們就離開村落了。船艦出發去尋找男子的屍體，聽說他們在海上殺了一名乘著用圓木頭做成的小船，一頭黑髮的男子。那兩個人和船長都感到非常地懊悔，他們說那樣的作法違反了大海之子的規定。聽說那個年輕自大的隊長說黑髮男子是一個魔法師，他是奉德魯伊的命令必須殺死黑髮男子。」

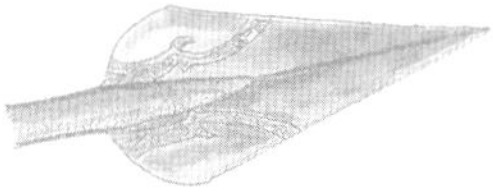

前來拜訪漁夫村的德魯伊搖了搖頭說：「我們德魯伊並沒有下過這樣的命令。」

村長接著說：「聽說他們在海上發現男子的時候，天候突然改變，空氣變得十分潮濕。儘管如此，士兵們還是拚命地射箭丟矛，想要殺死那名男子。最後男子的小船撞上船艦，小船被撞得支離破碎，男子也就在海中消失了。那時落下兩次閃電，船上的人也因此被雷打死了。船長和水手都說那一定是天譴。」

「那傢伙變成西基了。」老漁夫說完，大家都點了點頭。

然而，有一位德魯伊並不這麼認為。這位德魯伊心想必須把這件事報告給聖人拉格達知道，於是急忙離開了漁夫村。

城堡裡，有五名傭兵站在剛達總督的面前。這五名傭兵是從海的另一邊，從東方島國前來的基姆利人。基姆利族好幾百年前就一直對抗著薩斯納克族，他們是非常頑固且勇猛的民族。他們的語言雖然和凱爾特語非常相似，但發音卻不相同。基姆利族說話時就好像在唱歌一樣會把音調拉高。

基姆利族的傭兵一向以勇敢馳名，他們為了金錢什麼地方都敢去。他們所使用的武器是紫杉木做成的長弓、前端寬長且尖利的長槍及鐵劍。基姆利族的傭兵手持細長型的劍盾，佩帶青銅做成的劍鞘，還會將黃金做成的粗環套在武器上。

這五名傭兵非常好戰，不管是什麼樣的雇主，只要能夠受到尊敬又有酬勞可拿，他們都願意接下工作。這是因為他們國家歷經長年來的戰爭，生活變得十分貧苦。除此之外，基姆利族深信即使在戰役中喪命，摩根女神也會帶領他們的靈魂到戰士天國去。他們認為如果能夠從戰場上平安歸來，只要有英勇事蹟可自豪，或從砍下的敵人頭顱上拿到項鍊或金飾就相當滿足了。雖然很久以前基姆利族和凱爾特族也曾交戰過，不過這一百年來，因為有薩斯納克族這個共同的敵人，所以兩國還算是擁有友好的關係。

「閣下，您為何要雇用我們呢？為了區區一名男子的頭顱，雇用了五名傭兵。您應該雇用凱爾特人比較划算吧！」傭兵的首領臉上浮出一抹笑意說。

雖然剛達總督對他們的失禮態度感到氣憤，但還是擠出滿臉的笑容說：

「你說得沒錯！雇用五位確實不便宜。不過，這名男子是從黑暗國度來的恐怖魔法師，聽說他還可以變身成動物。你們的評價很高，聽說你們制服過南國的魔法師，對吧？」

五名基姆利人豪邁地大笑。

「是啊，不過那只是個普通人罷了。那是一名被稱為野蠻族的魔女，沒什麼了不起的。比起這個，我們還打倒過更多身手矯健的對手。」

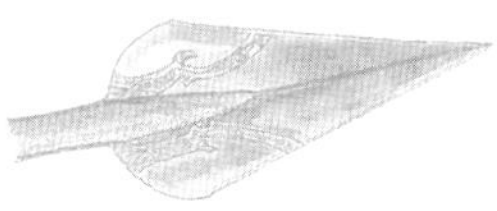

剛達總督不想再多聽基姆利人自豪，於是提出其他問題：「我還聽說你們曾經抓到一隻巨大的山豬，對吧？」

一名基姆利人拍著胸脯說：「沒錯！就是用這支長槍。」

基姆利人的首領再度向剛達總督發問：「這份工作沒有觸犯禁忌吧？這是經過德魯伊的允許吧？」

「沒錯！」剛達總督撒下謊言。「那麼，你們願意接下工作吧。錢我已經準備好了。」

五人對看一眼後，點了點頭。

「好！為了配合你們啟程，我已經安排好馬匹、獵犬、當地的帶路人，以及我兒阿尼古、布隆中士和他的手下。今晚你們就住在城堡裡，好好地吃喝一頓吧！雖然不是什麼巨大的山豬，不過我下令準備了正好吃的乳山豬。」

「今晚就和凱爾特族的兄弟們暢飲一番吧！」一名基姆利人笑著說。

這天的晚宴上，除了五名傭兵之外，就只有剛達總督和他的兒子阿尼古，以及侍者在場。剛達總督把阿尼古叫到他的房間。

「這次可不准你再失敗了！上次的事情鬧得鄉下地方謠言紛紛。那五名傭兵殺死達爾辛後，你要趁機殺了他們！記得還要埋在不會被發現的地方，知道嗎？」

「是！我知道。」

「如果可以的話，就把達爾辛的屍體給燒了！裝作什麼事情都沒發生過一樣，相信這樣就可以結束一切。那傢伙的謠言如果再散佈下去，恐怕德魯伊就不會再保持沉默了。無論如何你都要宣稱自己不知道那個魔法師就是達爾辛。萬一被發現的話，可是會危及我們的性命。」

「我知道了。可是上次是因為暴風雨才……。」

「少囉唆！我不想再聽你的藉口。好了，你回去和基姆利人一起喝酒。天亮前一定要出發，懂了沒！」

阿尼古低著頭走出剛達總督的房間。從大廳傳出來五名男子的笑聲和歌聲，直到深夜都未曾間斷過。

儘管還在天亮前，不引人注意的時間從城堡出發，隊伍先鋒的阿尼古還是得大聲吆喝驅散聚集而來的人群，才能夠順利通行。十八名男子手持武器，氣勢凌人地騎馬出發，這樣的場景會引人注意也是難免的事。特別是鄉下人總是喜歡問東問西，因此阿尼古嚴厲地對手下說：「什麼都不准說！不得不回答的時候，就說是和我父親從基姆利國來的重要客人一起外出獵鹿！」

秋天又再度降臨了。達爾辛離開島嶼，並花了約一個月的時間獵鹿。

雖然咕嚕也和達爾辛一起行動，不過，已長大的咕嚕開始對之前遇到的狼群裡的年輕母狼產生興趣，牠偶爾會離開達爾辛二、三天，和狼群一起行動。雖然咕嚕時而會和其他公狼吵架，不過牠和公狼們的感情已日漸和睦。然而，狼群的老大還沒有完全接受咕嚕。

達爾辛和咕嚕這次同樣是在狼群的協助下追捕鹿隻。達爾辛每次成功打倒獵物後，一定會和狼群共享獵物。漸漸地，達爾辛和狼群之間也就變得有默契了。

歐布變得更積極於尋找獵物。這是因為歐布在夏天娶了島上的年輕母烏鴉當老婆，還生下三隻小烏鴉。每當達爾辛把兔子或鳥類的內臟及生肉給歐布時，歐布總是很認真地把食物送回牠築在懸崖上的鳥巢。

五名基姆利人的傭兵在帶路人的引領下，來到村民曾經目睹達爾辛獵鹿的寬廣山谷。經過幾天從高丘上的監視守候，他們終於發現和狼群一起狩獵的達爾辛。狼群追趕著年輕公鹿的群落，達爾辛在旁埋伏並成功抓到一頭大公鹿。在山丘上看著獵鹿經過的基姆利人不覺地喊出：「漂亮！」

達爾辛取出公鹿的內臟後，先把內臟拿到狼群老大的面前才又繼續解剖公鹿。五名基姆利人從頭到尾看了整個經過後，不禁對達爾辛心生佩服。

「那名男子還很年輕耶！雖然他確實和狼群在一起，可是一點兒也不像黑暗世界來的魔法師。」

「嗯。不過真相如何還不知道呢。那傢伙正在生火，看來他打算露宿在這裡。那些狼吃飽後，應該會回到自己的窩裡去。我們今晚也睡在這裡好好思考如何作戰，明天一大早就出發。」

另一名基姆利人伸出手指說：「你們看！那隻大烏鴉從那小子手中拿取食物！」

基姆利人的首領一邊注視著達爾辛，一邊安靜地說：「嗯，那傢伙真的是魔法師嗎？我看起來倒像是隱居山中的仙人。喂！你知道那傢伙的事情嗎？」

當地的帶路人回答說：「我不知道。」事實上，帶路人是因為害怕阿尼古和剛達總督的軍隊，所以什麼都不敢說。

隔天早上天色微亮時，基姆利人的首領從山丘上往下望，他看見達爾辛身上蓋著狼皮躺在鹿皮上，還沒有醒來。一縷細煙從火堆中升起。

「走吧！雖然我有種不好的預感，不過既然接下工作，就一定要完成。」

「那傢伙有拿弓箭嗎？」另一名基姆利男子問。

「不，他手上沒有弓箭也沒有箭矢，只有短槍而已。從遠處殺他太卑鄙了，這不符合我們的作風。我們就堂堂正正地與他交戰一場，然後再為他祈求冥福吧。出發！」

五名基姆利人從山丘上往下直奔。

歐布和牠的老婆以及三隻小烏鴉最早發現基姆利人，歐布們從附近的山梨樹上飛起並發出危險警告。

咕嚕和達爾辛同時跳起身子，並躲在高大的草叢之中。歐布們在空中盤旋，不停地叫嚷。咕嚕露出雪白利牙，從喉嚨發出低沉的嘶吼聲。

「嗚嗚嗚嗚……。」

咕嚕擺出壓低頭部的姿勢，脖子和肩膀上的灰毛全都豎了起來。雖然狼群不在附近，但狼群從另一端的斜坡上嗅到人類的味道，互相提高警戒地從喉嚨發出聲音。阿尼古和他的軍隊躲在遠離基姆利人的地方默默注視著。

達爾辛安靜地站在今天抓到的鹿肉旁邊，他的右手拿著標槍投擲棒和帶有羽毛的短槍，不過並沒有擺出備戰姿勢。五名基姆利人團團圍住達爾辛，並架起長槍。此時，首領大聲地說：「我是基姆利紅龍族的瑪京！報上你的名來！」

然而，達爾辛被禁止使用人類的語言。

另一名男子也高聲大喊：「我同樣是基姆利族的烏沙・賓龍的子孫羅德利！快報上名來！開戰前必須先互報姓名。快說！不報上名來的話，我們可不為你祈求冥福！」

達爾辛搖了搖頭，並用手勢表示自己無法說話。

「這傢伙是個啞巴。算了，先殺了他再隨便取個名字吧。」

即使達爾辛無法使用人類的語言，但他可以自由使用灰狼或烏鴉的語言。達爾辛把短槍放進投擲棒的溝槽內，以右手臂一邊架起投擲棒，一邊露出白牙發出灰狼的吼叫聲。咕嚕迅速撲到離牠最近的男子身上，另一名男子架起長槍打算刺向咕嚕，達爾辛見狀投出短槍，短槍貫穿那名男子的右肩。第三名男子大步走向達爾辛，咕嚕敏捷地跳到另一邊並咬住男子的右手臂。

達爾辛對著第四名男子揮動投擲棒，投擲棒打中男子的大腿，男子就像被砍斷的落葉松緩緩倒地。在達爾辛奮戰的這段時間，歐布用牠粗大尖銳的尖嘴用力猛啄名為瑪京的男子。歐布的老婆和小孩見狀，也加入陣容不斷攻擊男子們的頭部。

達爾辛只拿著標槍投擲棒奮勇作戰，他的腋下、左手臂及右邊大腿都有嚴重的刀傷，並且流了大量的血。灰狼咕嚕分別咬傷兩名男子的手臂和腿部，但牠的肩膀也被刺傷。

遠處傳來高亢的嘶叫聲，一匹雄壯的黑色公馬以驚人的速度飛快奔來。為了保護達爾辛，黑閃電離開野生馬群趕到這裡來。由於凱爾特國的馬匹幾乎都被當成戰馬來飼養，因此馬匹都曾受過訓練，而國王專用的馬匹更是最優秀的戰馬。

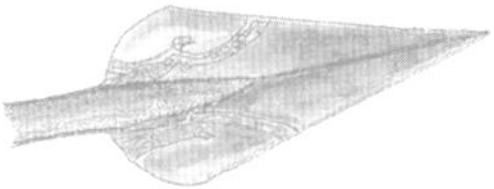

一名基姆利人一發現黑馬靠近，便打算射出長槍。然而對基姆利族而言，黑馬與白馬被認為是神之使者。就在基姆利男子遲疑不決時，黑閃電用前腳把男子踢倒，再用後腿踢開另一名男子。

達爾辛第一次違反了德魯伊的規定，他躍上黑閃電的馬背，以單手抓住鬃毛，並用投擲棒敲打追趕而來的男子手腕，順利擺脫男子。達爾辛大叫一聲：「呀啊！」黑閃電立刻載著達爾辛向前跑。

咕嚕也停止反抗，隨著達爾辛逃走。只有歐布們仍不肯放棄地持續攻擊想要追趕達爾辛的男子們。

「嘎啊！嘎啊！嘎啊！」

聽到歐布們不斷地叫嚷，許多烏鴉從四面八方聚集而來，為歐布們增添勢力。對面山上的狼群也從山坡上趕了下來，並擋在男子們前方開始吼叫。

「嗚嗚嗚嗚嗚！」

基姆利人的首領瑪京拔出插在同伴肩上的標槍，並用長在附近的苔蘚為同伴止血。

「大家撤退！這場戰鬥是錯誤的。從來就沒遇過這樣的事！那名男子被戰爭之神摩根和自然之神守護著，他根本不是魔法師！快點，趕快逃離這裡吧！」

被黑馬踢斷四根肋骨的男子抱住胸口神情痛苦，還有兩名男子昏倒在地，而瑪京自己也是滿身傷口。瑪京想要向阿尼古和他的手下求救，但無論如何喊叫就是不見他們的身影。烏鴉們聚集在空中盤旋了一會兒後，便悠然自得地往西邊飛去。

剛達總督的軍隊士兵們看著整場戰鬥的經過，不由地心生恐懼。無論阿尼古如何斥罵，士兵們都不肯聽從命令。

「我才不想被神明懲罰！」一名士兵說完後，便急忙逃走。其他士兵見狀也都迅速跳上馬背，拋下阿尼古和布隆中士不知跑到哪裡去了。

過了一會兒，當四周都安靜下來時，帶路人獨自回來幫助基姆利人。

「各位，這裡太危險了，我們移動到其他地方吧！」帶路人邊幫忙包紮傷口邊說。

「不！這裡有食物也有水。再說，那名男子不可能再回來了吧！」

「不，我說的不是他，而是阿尼古。阿尼古是個大壞蛋，為了不讓今天的事洩漏出去，他一開始就打算要殺死你們。」

「什麼！」

「昨晚大家都入睡時，我恰巧聽見阿尼古和布隆中士在火堆前的談話，他們倆小聲地說著要把各位從剛達總督那裡拿到的訂金分一半給布隆中士，另一半分給士兵們。」

「為何他們要這麼做？」

「這是剛達總督的指示，他是個無可救藥的惡人。」

帶路人低著頭繼續說：「我也是個無可救藥的膽小鬼，請你們原諒我。老實說，他們威脅我如果說出這次的事情，他們就會殺了我的家人。可是，我已經無法再保持沉默了。各位，快走吧！我有個親戚在這附近的岸邊蓋了一間捕魚用的小屋，請各位暫時躲在那裡休養一下吧。我必須趕緊去通知德魯伊，德魯伊能夠為各位治療傷口，也能保護各位不受到剛達父子的威脅。他們父子倆是凱爾特族的恥辱。」

基姆利人的首領瑪京直直注視著帶路人說：「我們怎麼知道你值不值得信任。」

「你說的沒錯。但是，我看完整場戰鬥後，想法整個改變了。那位男子是受到眾神的守護，我想那個謠言應該是真的。一直以來我都不相信那個謠言，可是今天我總算是清醒了。希望的種子在我心中長出了新芽。」

「什麼謠言？」

「我想……不！那位男子就是康拉王的獨生子達爾辛王子。王子在一年多前接受德魯伊的流放刑罰。王子是一位留有一頭黑髮的好青年，在剛達父子的陰謀設計下，王子被判了死刑。就在此時德魯伊救了王子，但當時唯一的選擇就只有流放。流放是相當嚴酷的處罰，不過王子卻能平安活下來，一定是受到眾神的守護。」

帶路人流著眼淚說。聽完帶路人說的話，瑪京頓時臉色大變。

「神啊！看我們做了什麼好事！請您原諒我們！我竟然做出如此愚蠢的事！萬一康拉王的兒子被我們殺死，那可不是接受神的懲罰就能夠彌補。我們差點就釀成和凱爾特國的戰爭。雖然我們並不知情，但差一點就殺死王子是個不爭的事實。這事態嚴重，請務必帶我們到德魯伊的地方去。為了基姆利族的名譽，也必須解決這件事。不趕快解決的話，就算我們五人舉劍自行了斷，也無法就此謝罪。大家起身出發吧！」

◇矛頭

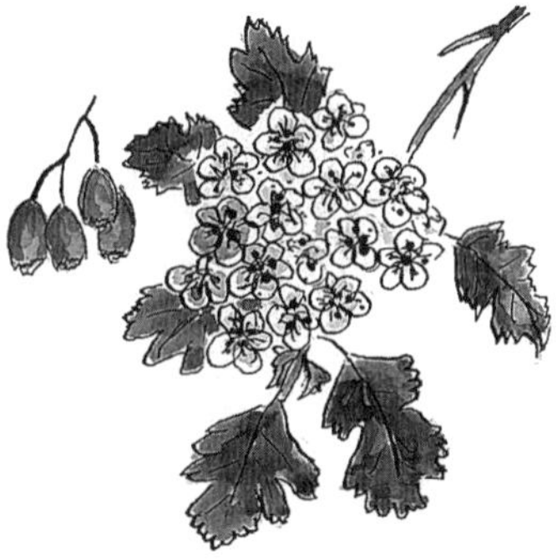

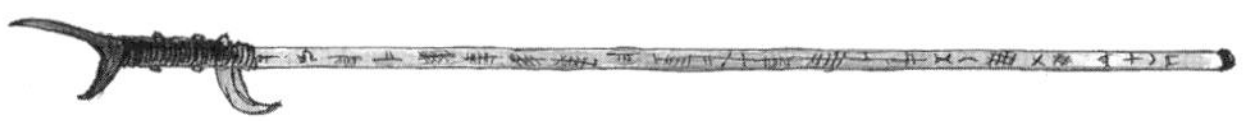

Chapter 12
對抗邪惡的力量

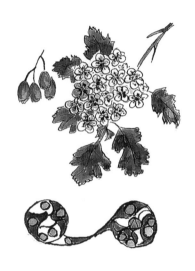

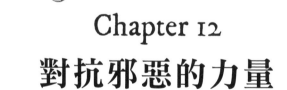

達爾辛遊走在痛苦與恐懼的惡夢中。

紅色迷霧中不斷地出現各種不同的臉孔。一開始臉孔上都帶著溫柔的笑容，但靠近達爾辛後，所有的臉孔都變得猙獰醜陋。泛黃的牙齒、骯髒的頭髮及皮膚、如厲鬼般的眼睛，臉孔浮出一抹惡笑想要抓住達爾辛。達爾辛試圖想逃跑，但身體卻不聽使喚。達爾辛想要呼喚與他親近的人的名字，卻發不出聲音。

◊ 德魯伊的棍子

就在滿身大汗的達爾辛放棄反抗時，四周突然變成紫色的景象，溫柔的海浪將達爾辛送到溫暖安靜且沒有傷痛的世界。過了不久，達爾辛聽見遠處傳來奇怪的叫聲。

「達爾辛、朋友、好孩子、來玩吧、達爾辛、來玩吧！」

達爾辛漸漸清醒過來，有個黑色不明物體壓在他的胸口上。

「達爾辛、朋友、嘎啊！」

達爾辛用乾澀的聲音安靜地回答：「嘎啊……。」

達爾辛感覺有人坐在他的身旁，那個人把手放在他的額頭上。隔了一年又好幾個月，達爾辛第一次感受到人類的體溫。

「已經沒事了，快喝一點這個藥湯。」

達爾辛被高大男人的手臂扶起，喝了一口溫熱苦澀的藥湯。

「再多喝一點。這是用雲杉木的嫩葉、鋸齒草、柳樹皮還有槲寄生熬成的藥湯。鋸齒草可以降溫，雲杉木可以治療傷口，而槲寄生能夠為身心帶來力量。來，再喝一點。」

陽光從洞口射進來，光線反射在乾淨的池水上，照亮了四周。四周飄蕩著薄薄的炊煙，空氣中傳來陣陣燒烤食物的香味。達爾辛把視線轉向火爐，他看見紅黃色火焰在有三隻腳的黑色鐵鍋底下忙碌地搖擺著。空氣中除了鹿肉和野生百里香的誘人香味之外，還夾雜著燈油在石頭上燃燒的溫和香甜氣味。仔細一看，洞窟裡還到處掛著槲寄生的樹枝和樹葉。

「達爾辛，有沒有感覺好一點？」

沉穩的聲音中帶著令人懷念的感覺，達爾辛甩了甩頭並搓揉一下眼睛。朦朧的視線中達爾辛看見令他敬愛的臉孔。

「拉格達！我……還活著嗎？……啊！對不起！」渾然忘我的達爾辛不小心說出人類的語言。

「你到地獄裡走了一趟呢。不過，已經沒事了。」聖人拉格達笑著回答。

另外還有兩位德魯伊坐在火爐旁邊，他們兩位站起來走向達爾辛。拉格達手上拿著槲寄生的樹枝和金鐮刀，在達爾辛的頭上揮動了三次。

「塔拉尼斯，偉大的雷神。橡樹之神。輪迴之神。請守護康拉王的兒子達爾辛！達爾辛，因為你有了卓越的成長，所以能從黑暗國度回來到光明的世界來。這一切正如預言，你已經是橡樹之子，所以可以使用人類的語言了！」

達爾辛剛才的話語是在無意識下脫口而出，如今被允許可以說話，反而說不出話來。烏鴉、灰狼、馬、海豹、海鷗、海鷹等動物的語言在達爾辛心中翻騰，隨即就像噴泉般從口中不斷湧出。擅長模仿的歐布見狀，也興奮地跳來跳去跟著吵鬧。

「嘎！達爾辛、好孩子！達爾辛、朋友、肚子餓了！」

三位德魯伊不禁大笑了起來。

「學得好！實在太像了！」

拉格達鼓掌叫好後，從紅色袋子裡拿出小豎琴。

「達爾辛，你還記得這個豎琴嗎？這是你死去的母親留下來的。」

從達爾辛還幼小的時候開始，直到母親死去的前一天，母親每天晚上都會一邊彈奏豎琴，一邊唱歌給達爾辛聽。達爾辛從拉格達手中接過豎琴，以手指輕柔觸摸琴弦，甜美的聲音在洞窟裡響起。

此時，達爾辛心中自然響起一首歌。這首歌不是用人類的語言來歌唱，這首歌是用風兒、樹木、海浪、河川、小鳥及動物們的語言編織而成。德魯伊們聽見美麗的歌聲，眼中都泛起了淚光。唱到一半時，德魯伊三人加入為達爾辛合聲，他們唱出不曾在這世上聽過的奇妙歌曲。此時，洞窟外傳來海豹悲傷的叫聲。

達爾辛的手指動作滑順，彷彿在琴弦上舞動著手指。對面山上傳來狼群的遠吠聲。隨著歌聲的流動，達爾辛身上的傷口疼痛一點一點地慢慢退去。

達爾辛四人一起吃了燉肉和黑麥麵包，那是睽違已久、充滿溫馨的一餐，達爾辛深深品嚐了麵包的美味。吃飽後，達爾辛喝下大量的藥湯。

德魯伊發現達爾辛倒在洞窟裡已是兩天前的事，當時德魯伊打算接近達爾辛時，因受傷而變得虛弱的咕嚕站起身子，對著德魯伊露出白牙，低聲吼叫著。拉格達一邊用沉靜的聲音朝咕嚕說話，一邊緩慢靠近時，歐布飛到拉格達的肩上，對著咕嚕叫：

「嘎啦……叩嘍……嘎啦……叩嘍……。」

咕嚕雖然繼續吼叫著，但不久後便從達爾辛身邊走開。

失去意識的達爾辛，德魯伊仔細為他清洗傷口後，用細線縫合並貼上混合了蘩縷（俗稱雞腸草）和水苔的貼布，最後用繃帶包紮。咕嚕在洞窟角落一邊看著德魯伊的舉動，一邊用舌頭舔身上的傷口。德魯伊試圖為咕嚕治療傷口，但始終無法接近牠。

過了不久後，咕嚕搖搖晃晃地走出洞外，相信牠一定是對德魯伊有了信任感。然而，即使對方是懂得動物心理的德魯伊，咕嚕也不能停留在不熟悉的人類身邊，想必牠是回到狼群裡了。

用完餐後，達爾辛站在洞口，靜靜注視著天空與大海。達爾辛讓舒爽的涼風和漸漸西沉的陽光淋浴全身，並深深吸了一口氣。

「活著是一件美好的事！」拉格達走到達爾辛身邊說。「你還不可以太勉強自己，達爾辛。」

「我已經沒事了。這裡的海風和溫暖的陽光讓我有了朝氣。當然了，各位的藥湯和體貼照顧才是最好的良藥。」

「哈哈哈……是嗎？不過，新鮮的空氣、微風、尤其是海風，以及陽光的確有治療病痛的能力。對了，夜晚的星星還能夠療癒心靈的傷痛。」

「你有看到黑閃電嗎？不知道牠是否平安？」

「牠很好。黑閃電把你載到島上後，就一直守護著你。直到我們來了以後，牠才游過大海回到陸地去。真是一匹好馬。我看到附近還出現一匹母馬，應該是黑閃電的老婆吧！」

達爾辛把視線轉向遠處的山丘。

「我違反了流放的規定，我騎了馬。」

「不，如果你不騎馬的話，你和黑閃電一定早就被殺死了。」

「你怎麼知道呢？還有我藏身的洞窟……。」

「打算殺了你的五名基姆利人告訴我的。前陣子開始，村民之間就一直謠傳著看見一個像是你的人類。我還聽說阿尼古聽到這個謠言，企圖殺了你的事。可是我們萬萬也想不到剛達竟會雇用傭兵來殺你。

那五個人雖然被雇用，可是他們是被剛達所欺騙。在他們達成工作後，剛達還打算殺他們滅口。他們五個人知道真相後，非常地後悔。他們說願意把自己的性命交給你，還說要和剛達父子大戰一場。不過我要他們回到自己的國家去，然後把剛達的所作所為告訴基姆利國的國王。我為他們準備了船隻，還有幾位德魯伊也跟著搭船，這樣剛達就無法對他們下毒手了。

那個名為瑪京的首領說為了達爾辛王子，他願意隨時回到這裡來。他要我轉告你，他的身體和長槍都是屬於你的。他還說將來對抗剛達時，他們五人、不，基姆利人都會趕來助陣。你讓敵人變為朋友，這是非常了不起的事。在你和基姆利人展開戰鬥時，流放的刑罰早已結束了。」

「這不是只光靠我一個人就能辦到的。咕嚕、歐布還有黑閃電都為了保護我而戰。」

聖人拉格達把手輕輕放在達爾辛肩上說：「我必須告訴你令人不悅的事。對於這次的事情，剛達到處說是薩斯納克族雇用基姆利人來殺你。而且說他為了救你，所以派出阿尼古和軍隊，但是等他們趕到時你已經死了。」

「胡說！」達爾辛生氣地說。

「當然，這我們都知道。不過，剛達對自己撒下的謊言，一定會設法讓它成真，對吧？已經完全被惡魔附身的他們一定會再來謀殺你。所以接下來我們必須做好與惡魔對抗的準備。不過你不用擔心，這一切都如預言所示。你必須補充營養，把身體治好，接下來還有嚴格的訓練和學習在等著你。」

幾天後的晚上，為了不讓一絲光線，甚至星空裡的薄光照射進來，德魯伊三人把斗篷掛在洞口，並且把油燈和火爐裡的火熄滅。達爾辛在一片漆黑中，緩慢地走起路來。他一邊用右手摸索細長繩索，一邊吟詩。懸掛在空中的繩索上面綁著各式各樣種類的樹葉，每一種樹名都代表著凱爾特族獨特的暗號。

樹木依種類的不同，被分為貴族之樹與百姓之樹。貴族之樹包括赤楊、橡樹、榛樹、山葡萄樹、爬山虎、鱗木、歐石南。百姓之樹包括白樺樹、冬青、柳樹、楞木、山楂、荊豆、蘋果樹。除此之外，再加上這些樹木的兄弟和小孩，一共有二十五種樹木構成文字的重心。比方說，山毛櫸就代表「山」，橡樹就代表「橡」。而這些樹木的兄弟樹或小孩也都各自構成文字，把這些文字加以組合，即可創造出更多的文字。

首先，達爾辛必須觸摸繩索上的樹葉，然後放開手朗讀上面寫的詩詞。達爾辛只要一唸錯，黑暗之中就會傳來聖人拉格達嚴厲的叫聲。達爾辛每晚反覆不斷地練習，一直到完全記住詩詞為止。

除了這些暗號之外，德魯伊還擁有多數的暗號。樹葉的暗號還可以直接用人類的手部來表示。

拇指指尖代表白樺樹，食指指尖代表山梨樹，中指代表赤楊，無名指代表柳樹，小指代表梣木。每根手指分成四個部位，每部位都代表著不同的樹名。比方說，拇指就分成白樺樹、山楂、山葡萄樹、松樹四個部位。食指分成山梨樹、橡樹、爬山虎、荊豆。中指分成赤楊、冬青、金雀花、歐石南。無名指分成柳樹、榛樹、楊樹、山櫻。小指分成梣木、山蘋果樹、接骨木、紫杉。

只要使用暗號，即使不出聲也能夠和彼此交談。另外，暗號也是熟記詩詞或傳說等重要資料的祕密方法。德魯伊們不需要使用文字，也能夠互相交換資訊。

德魯伊們的文字有著獨特的形狀，他們不使用紙張或山羊皮，而是把文字刻在木頭或石塊上。這些文字的組合包括有單純以直線構成的橫線或縱線，以及十字架、方形或圓形，而一般人並無法使用這些被稱為「歐甘」（Ogam，古代愛爾蘭的文字）的文字。

凱爾特族認為所有樹木裡都住著特別的靈魂，因此一直以來，他們把歷史、傳說和規則都悄悄地藏在樹木裡。住在樹裡的靈魂比歷史還要古老，比剛剛呼出的氣息還要年輕。樹葉是大自然的語言，它傾訴著天氣、風、雨、雪、霧、太陽、月亮和星星的動作、動物和鳥兒們的話語，所有一切的一切，就如同落葉會化為土壤一樣，所有的生命也都會回歸大地，重生為新的樹木。地球為樹木之母，而樹根則為地心把脈。樹木代表著歷史，而未來則在

◇山楂

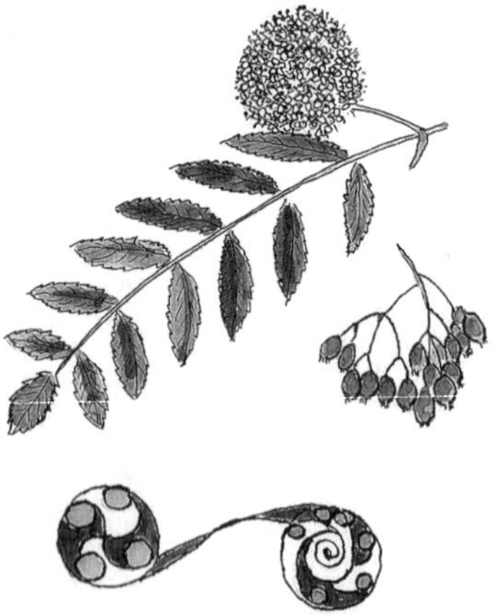

◇山梨樹

橡果或樹果中等待著甦醒。代表這些樹木說話的人正是德魯伊。

白天裡，達爾辛也接受訓練並勤奮練習。德魯伊們不使用劍、長槍等武器，他們手上總是拿著一根長長的棍子。自古以來，德魯伊有一套使用這根棍子的獨門護身功夫。這套護身功夫從不曾傳授給其他人，德魯伊們一向都在遠離人煙的森林裡進行祕密的訓練。

對於習慣拳擊和摔角的達爾辛來說，剛開始接受訓練時，這套如舞蹈般的護身功夫顯得非常困難，不過他的身體一下子就記住動作了。這套功夫是反之利用對手的動作和力量的武術。雖然拉格達看似老邁，不過他的功夫卻擁有驚人的速度和力量。如果有人看見他白蒼蒼的頭髮和鬍鬚而輕敵的話，想必會慘敗在他的手下吧。拉格達甩動棍子時，總是會發出可怕的風聲。

與達爾辛從小就接受的一般棍術訓練相比，德魯伊的棍術可說是高出好幾段的功夫。就算是達格中士，應該也無法勝過拉格達。

這項訓練讓達爾辛在大自然之中鍛鍊而得，如豹般緊實的身體增加了力量和靈敏度。達爾辛與基姆利人戰鬥而負傷的傷口早已痊癒，飽受風吹日曬的皮膚上只留下淡淡的白色傷痕。比起被流放當時，達爾辛長高了許多，他已擁有年輕人的健壯體格。隨著身體的成長，達爾辛的心靈也變得輕盈許多。如今，達爾辛總算明白當初德魯伊為何要把他趕出人類的社會，他明白那是為了保護他不受敵人侵害，也是為了培養他的毅力。

大自然裡潛藏著能夠與剛達們的邪惡勢力對抗的力量。因為能夠理解其他生物，所以才能夠從牠們的眼中看見自己。動物、鳥兒及昆蟲們是值得敬愛的兄弟姐妹，牠們是樹木、河川、大海、風、太陽的孩子。所有一切都是息息相關的，所有一切都是一體的。因此，根本沒有什麼事情值得恐懼。

雖然達爾辛有很長一段時間不曾使用人類的語言，不過他開始了解潛藏在文字裡的力量。文字就像在黑暗洞窟裡一隻隻飛起的螢火蟲，在達爾辛心中點燃光芒。

在接受嚴格訓練和學習的這段期間，達爾辛會忙裡偷閒地跑到海邊和海豹母子一起抓魚，不過德魯伊不願意讓他再獵捕兔子和鹿隻。咕嚕有時候會從遠處看著達爾辛，但漸漸地，咕嚕也就不再現身了。

全國各地的德魯伊全都來到達爾辛所在的龍之島。最後一天的晚上，有四十位德魯伊一同進行了一場特別的儀式。

那是一個看不見任何雲朵的月圓之夜，從遠處都能聽見太鼓、笛子及豎琴的演奏聲，用南國的海螺、牛角做成的喇叭吹出來的音樂，加上男子們美麗且強而有力的歌聲。所有人都聚集到島嶼中央的石柱圓圈內，聖人拉格達把活抓的白山羊供奉在正中央的石台上，並且擺上槲寄生的樹枝，再淋上蜂蜜酒。

達爾辛脫去身上所有衣物，赤裸地站在石台旁邊。隨著歌聲，緩慢地、緩慢地沿著石階四周繞圓圈。銀色圓月沉入海中，四周隨之變暗，冷風從山頭吹了過來。突然間，雲層覆蓋了星空，把星星遮住了。音樂在此時停止了。

每位德魯伊牽著手，低頭用沉靜的聲音獻上祈禱。達爾辛的身體開始打顫，他的長髮因為看不見的力量而豎立。就在同時，豎琴自個兒、、的響了起來。

雨水滴答滴答地落下，淋濕達爾辛全身佈滿雞皮疙瘩的肌膚。突然間，一道如龍舌般的耀眼閃電，帶著巨大的聲響從空中落到正中央的石階上。青色光芒如舌頭舔過石塊，石塊瞬間炸裂，供奉上的山羊隨之變得焦黑。四周飄蕩著龍的濃濃氣息，達爾辛拚命忍住不咳嗽。等到閃電朝遠處退去後，德魯伊大聲喊叫並打擊太鼓。

海風又再度吹起，散開的雲層彷佛野馬的群落朝另一邊的山頭奔去並消失無蹤。東邊天際的顏色從灰色轉為藍色，山頭上方的天空被染成一片紅色。過了不久，金色的太陽便探出頭來。

拉格達把一件紫色的斗篷掛在達爾辛肩上，並為他戴上刻有槲寄生圖案、象徵騎士精神的金項鍊。達爾辛的右手握著德魯伊的長棍，棍子前端有年輕公鹿的鹿角和山豬尖利的牙齒。整根棍子的表面寫有泛著黑光的德魯伊祕密文字，那是一首祈禱的詩歌。

「達爾辛！從今天開始你將成為眾神的說書人。接下來的日子，你必須走遍全國，用心去聆聽全國國民的聲音。流放的刑罰已經結束了，因此我將取消對你的規定。不過身為一個說書人，你必須遵守新的規定。那就是在完成任務之前，不得持有鐵和金錢、不得向人類拿取食物，必須無視於人們的惡言或任何有關暴動、革命的話題，除了為保護自己之外，不得有暴力行為。你必須隨時牢記自己是康拉王之子的同時，也是眾神之子，你的命運就是這個國家的命運，接下來就跟隨著眾神向前邁進吧。你表現的很好，達爾辛！」

拉格達說完後，德魯伊們紛紛走向前擁抱達爾辛。

「恭喜你！」

「能夠努力到現在，辛苦你了！」

「相信康拉王一定也非常欣慰！」

歐布飛了下來並停在達爾辛的右肩上，牠扯了扯達爾辛的耳垂。

「喂！住手啊！很痛耶！」

「達爾辛、好孩子、朋友、嘎啊！」

德魯伊們聽了全都開懷大笑了起來。

Chapter 13

勝利

康拉王所在的北國又回到黑夜拉長的冬季，自從德魯伊們進行儀式命達爾辛為說書人之後，已經過了十個月的時間。

◇盾牌

這天的夜晚雖然不見月亮露臉，但天空出現了北極光，就好像藍色、綠色和淡紅色的光仙女們揮動著長衣袖，在空中舞動一樣。輕柔的山風吹過薩斯納克族最大基地的嵐達港口，吹起一波又一波的漣漪。

凱爾特族和沙克列族的男子們駕著六十艘獨木舟，安靜無聲地從海上划到港口。男子們全都穿著黑色衣服，凱爾特族的男子們還用熊油和煤炭把臉部塗黑。

此時已是夜最深的時刻，最後一群醉漢都回到家中就寢，嵐達的街道總算平靜下來。雖然山上因為積雪而泛著白光，但街道在燈火消失後，便陷入一片黑暗之中。吹來的海風像是夾帶著雪花一樣冰冷，再過二、三天後，港口的海面就會開始出現如荷葉形狀的結冰。港口的兩座堡壘上，負責看守的士兵穿著毛皮做成的禦寒外套及帽子，士兵們用帽緣蓋住耳朵保暖，百無聊賴的等待著天明。

薩斯納克族的船艦幾乎都回到了港口。雖然其中有幾艘船還留有因戰爭損傷而修補的痕跡，然而歸來的船艦還是載滿了從南方國家搶來的金、銀、

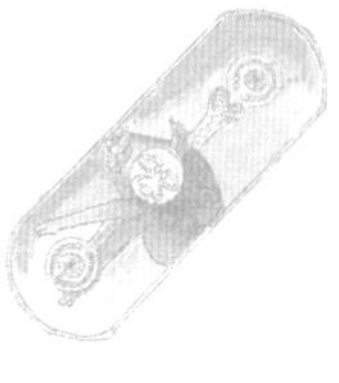

銅、鉛、葡萄酒、鹽巴、香辛料，以及人數眾多的俘擄。由於今年的捕鯨量也相當豐盛，因此即使面對長期的戰爭，薩斯納克族仍然對其勢力充滿了信心。不久前，在港口的堡壘上還經常可以聽見男子們意氣風發的喧嘩聲。

從海上來到港口的男子們悄悄地接近堡壘下方，他們以十個人為一組依序上岸，安靜地把獨木舟拉上石塊後，隨即拿起武器。從遠處看起來，用海豹皮做成的細長型獨木舟就像真的海豹一樣躺在石塊上。

黑色身影一個接一個地順著岩石往上爬。為了避免發光，男子們的武器全都塗得漆黑。爬上堡壘後，男子們把設置在堡壘上的投石機和拉動巨大弓箭的繩索全都割斷。一名男子用小型的手提燈對著海面上照射，把信號傳送給同伴們。

海上的同伴們接到信號後，在水面上安靜地划動獨木舟，進到港口最深處。在那裡，薩斯納克族的船艦幾乎都被綁住並排列在一塊。船艦之間用粗大的繩索綁在一起，為了方便往返不同船艦，船艦與船艦之間橫放著木板。船上的物品幾乎都已卸下，船上還留有半數的士官和水手。

獨木舟上載著男子們從南方國家取得的新型武器，為了這一天，男子們接受了好幾個月的嚴格訓練。男子們把點著火的箭矢架在十字形弓箭上，隨著信號一齊射箭。

隨著咻嗚～咻嗚～的聲響，點著火的箭矢就像生氣的大黃蜂一樣朝著薩斯納克族的船艦飛去。箭矢撞上船艦接二連三地產生爆炸，炫目的強光與火焰把整個四周照得如白天一樣明亮。

凱爾特族的男子們把兩艘獨木舟排在一塊，中間橫放一根船槳並相互緊握船槳。這樣的動作能夠使細長的獨木舟更加穩定，射出去的箭矢也就能夠更準確。利用前面的人在射箭的時間，後面的人便做好準備等待接手，男子們以沒有間斷的速度射箭，對敵人展開攻擊。薩斯納克族的船艦連反擊的機會都沒有，一艘接一艘的燃燒起火。

港口外有一百艘凱爾特族的三角帆船載著七百名士兵，以全速划進港口。在第一艘三角帆船抵達港口，船上的士兵們陸續上岸時，烈火燃燒升空時唬唬作響的聲音與人們哀號的聲音交錯，寧靜的街道已驚醒了過來。在這裡，上岸的士兵們同樣以火矢攻擊薩斯納克族的倉庫、武器倉庫及兵營，慌慌張張跑出來的薩斯納克士兵則遭到長箭的攻擊。

小船全都進入港口後，載著康拉王的艦隊也駛進了港口。船艦朝著城鎮射出如雨般的箭矢，康拉王上岸後，高舉長劍發出如雄獅吼叫般的聲音。

「這場戰爭攸關著凱爾特國的未來，大家衝啊！」

士兵們齊聲喊叫，向前衝去。

四千名凱爾特士兵加上五百名沙克列、皮克特、基姆利士兵手持各自民族的劍、槍等武器，衝進薩斯納克的城鎮。當初襲擊達爾辛的基姆利首領瑪京也在士兵陣容內。瑪京在德魯伊的幫助下，平安回到自己國家，並把一切真相告訴基姆利國國王。為了達爾辛，瑪京領著人數眾多的軍隊前來為康拉王助陣，他自己還站在最危險的前線英勇作戰。

這是一場悽慘壯烈的戰爭。雖說是受到突襲，但薩斯納克擁有一倍以上的士兵，城堡的防備比預期的還要堅固。雖然康拉王失去了眾多士兵，但獲得解救的奴隸們也都加入凱爾特士兵的陣容，並肩作戰。

到了旭日初升的時刻，薩斯納克國的城鎮和船艦幾乎全都被燒毀，負傷的薩斯納克國國王成了康拉王的俘虜。雖然薩斯納克族非常勇猛，但是康拉王的作戰策略、嚴格訓練後的士兵，再加上與提供新型武器的國家之間的信賴關係，以及最重要的是，康拉王本身的信念為這場戰爭帶來了勝利。然而在北方國家的歷史上，不曾發生過一個晚上就失去這麼多人的性命。康拉王抱著複雜的情緒，把說書人卡斯巴和達格中士叫來面前說：「傳令下去要所有人好好照顧薩斯納克族的傷患，還有盡量避免再有流血衝突了。」

「是！」兩人低頭回答。

「雖然這場戰爭我們獲得了勝利，但我們是不是真正的勝利者，就要看凱爾特國接下來的態度和行動。我們並非野蠻的民族，我們希望戰爭結束後能夠獲得永遠的和平。知道我的意思吧？」

「是！但是目前有些地方還是持續在發生游擊戰。」達格中士說。

康拉王緩緩站起身子。康拉王身上佩帶的厚重長劍有著多處缺口，劍柄上還沾有黑色的血跡，訴說著當時戰況的慘烈。

「為我帶路吧！讓我來阻止他們再互相殘害。」

「不！太危險了！陛下，請您休息一下吧。我會負起責任，盡我最大的能力到最後一刻。」達格中士試圖阻止康拉王。

「不行，只要我現身讓大家親眼看見我，相信他們一定能夠了解我的想法。走吧！」

康拉王一從薩斯納克的城堡走出來，數千名士兵和人民的呼聲同時高漲起來。

「康拉！康拉！康拉！」

康拉王對著大家招手，但在吵鬧歡呼聲當中，康拉王的耳中仍然聽得見煙霧瀰漫的嵐達街上，傳來人們因為失去父親、丈夫、兄弟、兒子、朋友，壓抑的悲泣聲。

康拉王真正的任務這才要開始。

Chapter 14
流浪

雨總算停了。達爾辛走在鄉間小路上，愉快地唱著即興想出來的詩歌。在小路的前方，一條壯麗的彩虹橫跨在另一端的森林。

達爾辛離開龍之島已過了將近一年的時間。

「今晚就睡在那裡好了。」

達爾辛朝著飛在前頭的歐布說完後，又開始唱起歌來。

彩虹　彩虹　雨的弓箭，
弓箭飛到哪裡了？
歌鶇回答說　我胸前的花紋裡，
山梨樹回答說　我的果實顏色裡，
嘉魚從河裡回答說　你看　在我的肚子裡，
下一個是誰呢？

◊豎琴

綠弓箭飛到哪裡了？
在這裡 在這裡 樹葉裡，
鳥巢的歌鶇蛋裡，
清晨天空的彩色框框裡，
噯噯噯，
雨中的太陽在微笑，
彩虹的另一邊藏著什麼呢？

長時間被禁止使用人類語言的達爾辛現在覺得作詩唱歌，和文字一起玩耍是最幸福的事。文字總是在他的腦海中舞動，就像隨風搖曳的赤楊葉、像在清澈河水裡游泳的鮭魚、像麻雀啄食老百姓撒在地上的麥粒一樣再自然不過了。

達爾辛拿在右手上的棍子被雨淋濕而呈現深褐色，寫在棍子表面上的文字猶如烏鴉羽毛般泛著黑光。達爾辛身穿類似襯衫的淡茶色衣服，鹿皮做成的投石繩是他的皮帶。他的腰上掛著黑曜石刀和小皮袋，皮袋裡裝了打火石、肉乾、山葡萄乾以及用羅勒葉包住的少許鹽巴。達爾辛肩上披著紫色斗

◊ 歌鶇

篷，脖子上有一串金項鍊。從聖人拉格達手中拿到的母親留下來的豎琴被放在用山豬光滑皮革做成的袋子裡，並掛在達爾辛的右肩上。

除了這些行頭之外，達爾辛只持有三樣東西，分別是鹿皮、狼皮以及大鸚鵡螺。只要有兩種毛皮，無論在何處都可以躺著睡覺，而鸚鵡螺可當成鍋子或水壺來使用。有了這些東西，達爾辛根本不需要其他物品。

在咕嚕離開龍之島時，牠身上的傷口已經痊癒。但是除了達爾辛之外，咕嚕從未對任何人類失去戒心。咕嚕明白自己無法和回到人類社會的達爾辛一起生活，於是回到西邊山上的狼群裡去。

黑閃電成了群落裡的老大，在優美寧靜的山谷裡和母馬一起生活。如今黑閃電已經無法離開群落生活。不過這並非令人悲傷的離別，因為黑閃電恢復了牠原本自由的面貌。何況達爾辛想要見牠們的時候，隨時都可以見面。達爾辛只要在腦海中強烈想著和牠們一起生活的地方，牠們也能夠感應到達爾辛的思念。凱爾特族的德魯伊稱這樣的現象為「傳心」，因為靈魂之間都是彼此相連的。

彩虹告訴達爾辛在森林裡有一棵樹齡達數百年之久的橡樹。那是一棵碩大壯觀的老樹，樹幹上有一個洞穴。

「歐布！今晚就在這裡落腳！」

達爾辛放下行李，四處巡視。

達爾辛發現這裡實在是個好地方，這附近長了許多甜美的野生黑草莓。為了不摘取到附近居民會摘取的果實，達爾辛用棍子前端的山豬牙扯下最高處的果實來吃。大樹四周長出許多菇類和野生胡蘿蔔，達爾辛用鸚鵡螺從附近取來河水，並生火準備晚餐。

在等待料理烹煮好的時間，達爾辛坐在毛皮上，開始彈奏起豎琴。在散落一片的黑草莓堆裡，傳出灰鶇美麗的聲音。達爾辛配合灰鶇的聲音，彈奏著豎琴。灰鶇被豎琴聲嚇了一跳，暫時停止了鳴叫。但過了不久後，灰鶇用更高亢的聲音拚命地叫著，彷彿就怕輸給了豎琴聲。此時，另一隻灰鶇從草莓堆的另一邊加入達爾辛們的行列。雨後的森林閃閃發著光，鳥兒們就像清晨醒來時一樣紛紛鳴叫起來。

黃黑色的蜜蜂嗡嗡作響的在草莓堆上飛舞，附近的小河發出如合聲般的潺潺流水聲。青蛙在小河中央的石塊上「呱哇呱哇、呱呱呱」的叫著。達爾辛用口哨、豎琴和自己的聲音模仿著大自然的聲音。

歐布難得停在高高的枝頭上，安靜地聆聽著。這是因為牠在注意某個生物。這個生物是一個男孩，他躲在達爾辛後方的草叢裡，安靜地注視著達爾辛。男孩是為了尋找從家中跑到森林裡來吃橡果的小豬。

男孩剛看到達爾辛時，雖然感到有些害怕，但後來被達爾辛彈奏的豎琴聲所吸引，便悄悄地走近達爾辛。男孩一走近達爾辛，便發現兔媽媽帶著兔寶寶從高大的蕨草叢裡跑出來，並跑到達爾辛身邊。一對灰鶇夫妻也從草叢中輕快地飛了出來，並在附近開始鳴叫。男孩看見眼前的景象，不禁倒抽了一口氣。

「這一定是魔法！」

達爾辛突然停止彈奏音樂，把豎琴放在一旁站了起來。

「你好！來啊！不用害怕。」

歐布從樹上發出聲音說：「嘎啊！達爾辛、朋友！」

男孩嚇了一跳，倉皇失措地逃跑了。彷彿有妖魔鬼怪在後頭追趕似地，男孩一路死命地逃跑。一跑回家中，男孩隨即大叫說：「父親！我看見了！怎麼辦？」

「到底怎麼了？什麼事情大呼小叫的？」

「那個人啊！那個人！」

母親也忍不住地問說：「誰？發生什麼事了？」

男孩一邊喘氣一邊急忙地說：「達爾辛！達爾辛王子！我看到達爾辛王子在森林裡唱著歌！」

夫妻兩人互看了一眼。有關王子的謠言早已傳遍整個凱爾特國。王子能夠和動物或鳥兒談話、王子能夠像海豹一樣潛入海裡、王子曾和狼群一起獵鹿、王子能夠變身成動物、王子一個人和多數敵人對抗並且戰勝……。

「飛恩！快進來裡面靜下來慢慢說。你是乖小孩，不可以說謊話喔！」父親叫來所有家人，讓兒子坐下來後，再一次問說：「你說在森林裡看到誰？」

「達爾辛王子。是真的！我看到他坐在大樹下，彈著豎琴唱歌。」

「你怎麼知道那是王子呢？」

「他的頭髮又黑又長，脖子上戴著漂亮的金項鍊，而且鳥兒和兔子都跑到附近和王子在一塊。還有……。」

「還有什麼？快說清楚！」

男孩小聲地說：「有一隻大烏鴉對著我說人類說的話。牠說達爾辛、朋友，是真的！」

叔叔開心地擊掌說：「這孩子不會說謊的。王子真的在森林裡，我們要告訴其他村民，然後一起去見王子。」

「現在時間已經太晚了，今晚就把這件事告訴其他人，明天一早再出門吧。」父親說。

「王子果然還平安活著，真是太好了！」母親眼中泛著淚光說。

「哼！那個剛達現在一定咬著他那像鳥巢一樣的鬍鬚在懊惱吧！真是令人爽快啊！」祖母笑著說。

對於代替康拉王治理國事的剛達父子，幾乎所有凱爾特國的國民都開始對他們那傲慢殘酷的作風感到不滿。然而康拉王至今仍未歸國，達爾辛王子遭到剛達父子追殺的謠言到處流傳，至今是生是死都不確定。

隔天一大早，達爾辛正在勤練棍術。為了讓聖人拉格達傳授給他的功夫更加精進，達爾辛灑著汗水不斷地反覆練習。

自從離開龍之島後，達爾辛走過無數村落，人們對手持豎琴，一邊走路一邊唱歌的達爾辛都會降低警戒心，即使沒發現他是達爾辛王子，也會和達爾辛閒話家常或向他傾訴煩惱。經過這些日子後，達爾辛開始認真思考起凱爾特國目前所發生的問題、未來有可能會發生的問題，以及為了解決問題必須有什麼樣的改變。

剛達總督和阿尼古仍然沒有放棄殺害達爾辛。然而在德魯伊也開始有動作，王子的謠言傳遍整個國家的現在，他們不能夠草莽行事。凱爾特族一向深信如果有讓德魯伊感到憤怒的行為，將會受到眾神的懲罰。不僅如此，雖然德魯伊擁有治療病痛的能力，但同時也能夠製造出恐怖的毒藥，再也沒有比與德魯伊為敵還要可怕的事了。

有關達爾辛的消息，剛達總督就只聽說達爾辛正漫無目的地四處遊走，他會與人們說話，但從不曾提及剛達總督或阿尼古。據阿尼古所說，達爾辛的手上沒有任何劍、槍等武器，就只是四處遊走彈彈豎琴、唱唱歌，有時吟詩給人們聽，有時聆聽人們說話，過著流浪者的生活。阿尼古認為在發生那麼多可怕的事情之後，達爾辛一定是發瘋了。然而剛達總督卻思考著無論如何都必須想好新手段殺死達爾辛。

達爾辛練習完棍術後，便以冰涼的河水清洗身體。洗到一半時，達爾辛察覺四周有動靜，於是緩緩穿上衣服，坐在大樹下開始彈奏豎琴。

過了一會兒，村民紛紛聚集了過來，所有村民都被豎琴美麗的音色深深吸引住。音樂結束後，歐布飛到達爾辛肩上，微微傾著頭，用小小的黑色眼珠注視著人類。四周安靜了下來。

「早安，各位。」達爾辛邊說邊微笑。

昨晚的男孩第一個對達爾辛開口說：「你是達爾辛王子嗎？」

達爾辛只是微笑著。

「嘎啊！達爾辛、朋友！」

聽到歐布發出聲音，所有人都嚇了一跳說：「哇啊！」

「這是我的老朋友歐布。」

達爾辛為大家介紹歐布。

「烏鴉是你的朋友啊？」另一個小孩帶著不可思議的表情問。

「是啊，就像兄弟一樣親的朋友。」

「您來到這裡做什麼？」一名紅髮男子以強硬的語氣發問。

「這片森林真是一個好地方啊。不僅有雀鷹和鵟（俗稱土豹）的鳥巢，我昨晚還看見狗獾。還有這棵樹相當碩大，是一棵很老的樹吧？」

「是的，這棵樹是附近最老的樹。這棵樹上還有槲寄生，住在這裡的德魯伊告訴我們這是鎮守我們村落的樹。」一位老村民說。

達爾辛把豎琴架在膝蓋上，開始唱起橡樹的民謠。達爾辛唱完後，所有人都拍手鼓掌。

◊ 赤楊

◊ 山毛櫸

「聽說你會突然變不見，還會變身成動物，這是真的嗎？」一名小孩發問。

達爾辛笑了笑，又再唱起一首古老的歌。

為你施加魔法煙霧，
從狗兒變馬兒，
從男孩變女孩，
最後再變回，
小小的幼兒。

這首歌的歌名在從前被叫做FIFAR。FIFAR代表著決鬥的意思，人們深信只要唱這首古老的歌，敵人就無法看見自己的身影。

站在後方的白髮老人大聲說：「您的歌聲真是好聽，連我這個老頭子的心都溫暖了起來。不過去年的冬天既漫長又寒冷，寒冬裡的生活非常地辛苦。歌聲在我們村落已經消失很久了。相信今年的冬天會比去年還要嚴酷，這將有可能是我活到現在的人生當中，從未經歷過的寒冬。」

「是啊，一點也沒錯！」有幾個聲音同時附和說。

「不管您是達爾辛王子或騎士，還是一名旅人都好，可不可以聽聽我們說話？」

達爾辛沉默地點了點頭。

老人繼續說：「自從康拉王出征後，您知道那個剛達總督和他的兒子做了些什麼好事嗎？首先，他們沒收了這個村落裡最優秀的馬、牛及羊。然後在這三年的期間，他們把納入國庫糧倉的小麥量提高成兩倍。這個村落有七成的蜂蜜酒也都被他們拿走。

一開始，我們心想康拉王們為了國家不惜性命地正在和薩斯納克族對抗，所以我們也必須要忍耐。不過現在我們已經知道不是那麼一回事了。剛達趁著國王不在的期間中飽私囊，每晚聚集一些親信在城堡裡大肆宴客。

聽說他們每晚都會吃掉一頭山豬，村裡的男子從年頭到年尾都被迫在外獵打山豬。為了戰爭，村裡有很多壯丁都已出征，如您所看到的，留下來的盡是一些老人、婦女和小孩。留下來的少數壯丁在獵打山豬時被山豬咬傷，去年有一人死亡，今年有兩人受重傷。這都是為了他們每晚要吃山豬肉！我們村民在一年一度的祭典裡才可能吃得到的山豬肉！」

「就是啊！」多數的村民大聲說。

「村裡有十名年輕女子被帶進城堡，我的孫女也在裡頭。我聽鎮上的人說，國內各地被帶進城堡的年輕女子當中，有幾名女子被當成奴隸賣給國外的船隻。根據那些謠言所說，剛達把賣掉年輕女子的錢用來雇用眾多的士兵，還購買馬匹和武器。他一定是做了很多違背良心的事，所以才會想要有保護自己的勢力。我們很擔心接下來是不是會發生什麼可怕的事。」

達爾辛聽完這番話後，心中彷彿結了冰似的冰冷，同時熱淚也盈滿了他的眼眶。

「這些事情並非只發生在我們村落裡，請您到全國各地聽聽其他國民的想法。還有，就當作是我這個來日不多的老頭在說夢話，請您聽一聽吧。

自太古以來，我們因為擁有大地、海洋、語言、恩惠，還有各種不同的智慧，所以才能夠生存。如今大多數的國民都遠離了大自然，如果由這些人來統治國家，我們國家一定會走上滅亡之路。請您記得把我這老頭子說的話放在心中某個小角落上。」

達爾辛直視著老人的眼睛，點了點頭。

一名可愛的金髮女子把自家庭院裡摘來，看起來可口極了的紅蘋果拿給達爾辛。

「謝謝！謝謝各位勇敢地把話說出來。身為說書人，德魯伊有規定我不能夠拿取食物。不過，這顆蘋果不一樣。我會把這顆蘋果當成各位的心願收下來。」

金髮女子問道：「康拉王什麼時候會回來呢？大家都在等著他回來。」

「這位姑娘，國王他一定會回來，就在不久的將來。」

達爾辛注視著剛剛發問、顯得詭異的紅髮男子回答。紅髮男子正鬼鬼祟祟地打算離開現場。

「請您再彈奏一曲吧！」村民異口同聲地說。

達爾辛再次把豎琴架在膝蓋上，輕輕撥動琴弦，他在心中寂寞地想著父親究竟何時才會回來呢。

Chapter 15
赤裸的王子

達爾辛離開村落幾天後，又來到了一個山間小村落。達爾辛走在路上時，一名中年婦女從簡陋的屋子裡走出來，並端了一杯倒滿啤酒的牛角杯遞向達爾辛。

「您長途跋涉到這裡一定很累了，請喝點啤酒吧。」

婦女說話時的笑臉顯得有些不自在。達爾辛微笑搖了搖頭說：「謝謝妳的好意，不過我只可以喝水而已。」

婦女一副快要哭出來的樣子，她低著頭用雙手高舉裝有啤酒的牛角杯遞向達爾辛。

此時，一名留有鬍鬚的男子揮動著棍子，從小路的另一邊走來。男子在達爾辛面前停了下來，並舉起單手向達爾辛打招呼說：「嗨！今天天氣真好！你要去哪啊？對了，你手上的棍子好漂亮喔！是從哪來的？可不可以和我的交換啊？」

男子以宏亮的聲音和誇張的手勢與達爾辛說話，一副完全不知道達爾辛身分的樣子。然而男子握住棍子的左手指頭卻微微地動作著，他在悄悄地傳送德魯伊的暗號。

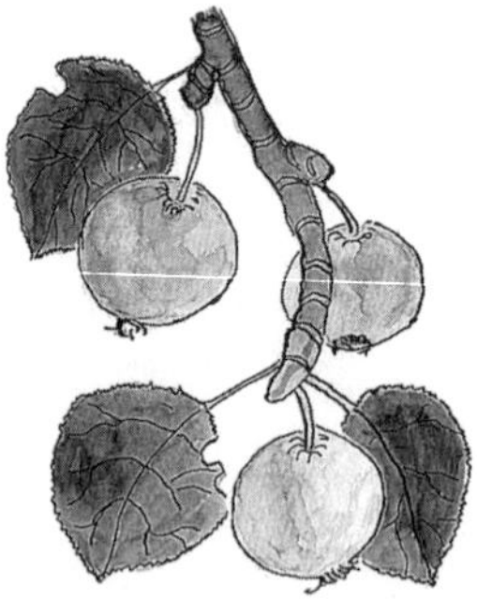

◇ 野生蘋果

達爾辛立刻就發現了。他邊看著男子的手指動作邊說：「謝謝你的誇獎。可是這根棍子是一位很重要的人送給我的，所以我不能和你交換。」

〈有毒、注意、女人、可憐、女兒、人質、敵人、在看、啤酒、假裝、喝下〉

男子從婦女手中拿起牛角杯喝了一口。達爾辛驚訝地想要阻止男子，但男子用眼神告訴達爾辛沒事。男子把牛角杯遞向達爾辛說：「人家的一片好意，你就別再拒絕了吧。」

男子連同牛角杯和藏在手中的小藥包遞給達爾辛，那是一包解毒的藥包。達爾辛喝了一口啤酒後，把牛角杯還給低著頭的婦女說：「謝謝。」

婦女眼中頓時充滿了淚水。

「那麼，一路小心啊！小兄弟。」

男子說完後，一邊吹著口哨，一邊往反方向走遠。

達爾辛也繼續上路，他吞下藏在手中用樹葉包住的茶色粉末，那粉末非常地苦。過了不久，達爾辛吐出胃裡所有的東西。吐完後達爾辛走到附近的小河喝水，冰涼的河水在此時喝起來特別地甜美。

剛達總督的手下並沒有就此罷手。

過了幾天後，達爾辛走在森林小路上時發現有些不對勁。他腳邊的落葉顯得有些怪異。散落在地面上的落葉種類繁多，但細看四周卻不見落葉種類的樹木。這些落葉一定是有人刻意擺放的。達爾辛把注意力放在落葉上，他發現被排列成漩渦狀的落葉藏有文字，這些文字也是德魯伊的暗號。

〈腳邊、危險、球狀物、有毒、五十步前方〉

達爾辛假裝在休息的模樣，豎耳傾聽四周的動靜。敵人或許就躲在附近，歐布飛到附近的樹上看著達爾辛。

達爾辛折斷路邊的金雀花樹枝，像使用掃把似地用樹枝一邊緩慢清掃路面，一邊前進。

前進一會兒後，達爾辛在落葉下方找到大量帶有六根刺的鐵球。這些鐵球雖小，但只要落在地面上，就一定會有一根刺朝向上方。尖銳的鐵刺前端塗有焦油狀的毒素，萬一踩到鐵刺，不用半天的時間就會像被青蛇咬到般紅腫，過了一天毒素就會遍佈全身，最後抽搐而死。

達爾辛的身體因為憤怒而顫抖。他無法再忍受凱爾特國裡發生像是幾天前的有毒啤酒事件，或是今天如此卑鄙的無差別犯罪。達爾辛再次覺悟到除了決鬥之外，再沒有其他的解決方法了。

經過這一天，達爾辛明白了一件重要的事。那就是雖然他必須獨自一人走完這次的辛苦旅途，但是德魯伊們和歐布都一起守護著他。達爾辛充滿信

心地繼續步上旅程。

遼闊的牧草原中央有一座古老的墳墓。

根據當地居民的說法，這座古墳裡藏有通往黑暗國度的入口。但根據布莉姬阿姨的說法，這是從前居住在這裡的民族為他們的偉人所蓋的墳墓。

古墳的東西南北四方有著如住家大小般的巨石，巨石上刻有漩渦的圖案。巨石四周圍繞著人類高度左右的石頭，並形成一個圓圈。這些石頭都是從遠處搬運而來的磨石。

在德魯伊的認知中，這些石頭圍成的圓圈是宇宙的時鐘。

達爾辛以一塊石頭作為擋風露宿的場所，他把毛皮鋪在草地上，身上蓋著德魯伊贈送給他的斗篷，仰臥眺望著星空。

達爾辛最近經常會想起達格中士和布莉姬阿姨，雖然他從聖人拉格達口中得知兩人還活著的消息，但達爾辛心中仍然有所掛念。當然了，在達爾辛心中最惦記的還是父親康拉王的安危。只是到了現在，與其說是自己的父親，康拉王的存在更像是全國國民的父親。長達四年之久的分離，父親的輪廓在達爾辛心中漸漸變得模糊。

夜空裡架起一座眾神之路的天橋。傳說中這座天橋是海神瑪納南的女兒為了把牛奶拿給剛外出的父親喝，急忙追趕出去時不小心把牛奶灑落而形成的。眺望著數不盡的星星在一片遼闊的夜空裡閃爍，達爾辛逐漸覺得世上紛擾不寧的紛爭都是微乎其微的事情。這些事情比勤奮工作的螞蟻還要渺小，渺小得不值一提。

就在此時，一顆流星從南邊往北邊落下，並劃出一道清晰可見的青白色線條。達爾辛從未見過如此巨大的流星，忽然間聖人拉格達的臉孔和聲音浮現在他的腦海中。

「一定會有通知到來，到時你必須鼓起勇氣往北方前進。」

達爾辛不由地站起身子，他再度眺望天空，並回想著拉格達曾說過的話。

「你要親手抓住自己在凱爾特國的權利。為此，你必須和阿尼古決鬥，這一切都如預言所示。不過，這場決鬥中你不能使用青銅和鐵，你的武器就只有這根木棍。你必須握緊木棍，憑著如山豬牙般的堅強勇氣，與蘊藏在鹿角中的挑戰精神，還有自身的力量及耐力來決鬥。凱爾特國的未來就在你的手中。」

附近的馬兒發出嘶叫聲，貓頭鷹也開始鳴叫，四周的空氣突然變冷了。達爾辛橫躺下來，凝視著星空。

隔天早上，達爾辛在太陽升起前就醒了。馬兒正在吃草的牧草原上，有許多美味的野磨菇從綠草之間探出臉來。凱爾特族稱這種野磨菇為馬菇或星

星麵包。附近的小河邊有人正在用火烤著野磨菇。

「早安！醒了啊！等會一起吃吧！」拉格達的聲音傳來。

兩人練完棍術，在小瀑布旁洗去汗水後一起吃早餐。拉格達一邊喝著用鸚鵡螺煮開的薄荷茶，一邊說：「你昨天有看到流星吧？」

「有。」

「你的十八歲生日已經過了。你必須和阿尼古決鬥，有心理準備了嗎？」

「有。」

「這場決鬥的目的並非只是復仇，懂嗎？如果你不壓抑心中的怒火，就無法獲得好結果。還有，雖然阿尼古是你的表兄，但你必須不受親情牽絆而取下他的性命，這點你做得到嗎？」

達爾辛點了點頭說：「我不可能原諒阿尼古和剛達，我現在的心情恨不得取下那兩人的頭顱，並且掛在父王的城門上。不過，經過這趟漫長的流浪之旅，我逐漸了解國民的煩惱與痛苦，他們的痛苦比我一人的痛苦還要大上好幾倍。父王為了追求和平而出征，然而剛達他們卻利用這個機會獲得權力，並把痛苦附加在國民身上。為了父王的名譽，我更不能原諒他們。如果不打倒那兩人，相信我們國家恐怕會發生恐怖的暴動。為了不讓這樣的情形發生，我就算失去性命也在所不惜。如果這點我都做不到，那就不能以康拉王的兒子自居了。

拉格達，我由衷地感謝你。如果沒有你，我恐怕就沒辦法站在這裡了。我已經有心理準備了，請你相信。」

拉格達微笑著說：「達爾辛王子，出發吧！」

拉格達收下豎琴、斗篷、衣服、鞋子、投石繩以及小刀等所有達爾辛的持有物。古時候的凱爾特士兵為了名譽而戰鬥或決鬥時，都會全身赤裸地赴戰。達爾辛現在就像當初被趕出城堡時一樣全身赤裸，他的脖子上戴著象徵騎士的金項鍊，右手握著橡樹的木棍，臉上用青黛萃取的植物精華液塗著藍色的記號。這個記號是FIFAR的象徵。

根據凱爾特國的規定，國民有一對一決鬥的權利。FIFAR代表著正義之戰的意思。如果對手不理會決鬥，或有不公平的舉動時，就會被烙上懦夫的烙印。在凱爾特族的社會裡，懦夫甚至連活著的權利都沒有。

出發前，拉格達把達爾辛帶到一棵巨大的老樹前面說：「來！抱著這棵樹，讓它為你帶來勇氣的力量。」

達爾辛照著拉格達的意思抱住老樹，並在心中祈禱。

拉格達沉穩的聲音傳來：「偉大的橡樹啊！請把力量賜給山豬牙及鹿角，同時也賜給達爾辛，請守護您的孩子。」

拉格達最後朝向達爾辛說：「隨著眾神和祖先的靈魂出發吧！你已是堂堂男子漢了。」

拉格達的眼中含著熱淚，大烏鴉歐布停在拉格達的肩上看著達爾辛。

達爾辛在拉格達面前跪下，以騎士的姿勢向他致敬。拉格達用手輕碰達爾辛的頭。達爾辛站起身子，挺起胸膛並握緊木棍。

歐布像往常一樣飛在前頭，在空中大聲地叫：「嘎！嘎！嘎！達爾辛、朋友！嘎！」

歐布彷彿是要通知所有世人似地大聲鳴叫。出發不久後，騎兵隊從北邊的方向朝達爾辛接近。歐布不停地發出警告信號，但達爾辛無視於牠的警告，仍然不斷地筆直前進。騎兵隊是剛達的手下，他們身穿紅綠相間的制服且佩帶長劍。騎兵隊在達爾辛面前停了下來，隊長以單手從青銅製成的劍鞘拔出長劍說：「慢著！你想去哪裡？」

達爾辛用沉靜的聲音回答說：「我的父親康拉王的城堡。」

「康拉王的城堡？」

隊長的臉上浮現一抹輕蔑的冷笑。

「你在說什麼夢話！這裡沒有什麼康拉王的城堡，只有剛達大人的城堡！剛達大人的城堡不是你這種沒穿衣服的乞丐可以去的地方，快滾回山上去吧！」

四周聚集了好幾名附近的村民，隊長揮舞著長劍，朝著達爾辛和村民吆喝：「回去！通通給我回去！」

達爾辛用木棍前端的鹿角迅速地推開長劍，並用山豬牙勾住隊長身上的鎧甲護胸板用力一拉，隊長龐大的身軀從馬上跌落下來。達爾辛敲打隊長的手臂使其長劍掉落，並用木棍頂住隊長的喉嚨說：「如果不想死的話，就快讓路。我是達爾辛，康拉王之子。我要和剛達的兒子阿尼古決鬥。這是FIFAR！誰都不能阻礙！」

村民全都歡呼了起來。一名身材高大的男子走到前面，手持斧頭說：「王子說得沒錯！你們吃了剛達的麵包，喝了剛達的啤酒，就把凱爾特國的正義和規定全都忘了嗎！」

「對啊！說的好！」一名手持鋤頭的老人站了出來說。

歐布飛到附近的樹上大叫：「嘎！笨蛋！燒焦的屁股！笨蛋！嘎啊！」

村民聽了全都大笑了起來，有幾名剛達的手下也拚命地忍住笑意。一名年輕的騎兵從馬上下來，脫掉身上的制服後，走到達爾辛面前向他致敬。

此時，村裡的德魯伊出現了。

「大家仔細聽好！德魯伊已在評議會裡正式認可王子的FIFAR權利。阻礙王子的人，將接受天與地的懲罰。王子與阿尼古的決鬥是一場正義之戰，如果剛達總督有意阻礙的話，那代表他將與全國的德魯伊為敵。快回到城堡裡把這件事情告訴剛達總督！」

「喔！喔！喔！」人們歡呼著。

「誰來幫忙一下！這位隊長的手臂需要打石膏，快拿繃帶來。」

達爾辛低頭向德魯伊致歉說：「給你帶來額外的麻煩，真的很抱歉。」

「沒關係的。這是不得已的事。話說回來，沒想到你的棍術進步那麼多。」

達爾辛朝著北方繼續前進。

「請讓我跟隨您！」

方才的年輕騎兵打算追隨達爾辛，但德魯伊阻止他說：「不行，王子必須獨自一人前往。」

在那之後，達爾辛全身赤裸地連續走了好幾天。

途中當達爾辛在河邊喝水時，孩子們爭先恐後地從家中拿麵包、蘋果、牛奶或乳酪來給達爾辛吃。道路兩旁的民眾一天比一天多，人們敲打著太鼓、盾牌、劍或槍，大聲唱著自古流傳的戰爭之歌。沿路上可看到年老的婦女或小女孩為達爾辛加油，由於年輕女子依規定不能看到士兵赴戰時塗有藍色記號的臉孔或裸體，所以無法看到達爾辛的模樣。因此，若干年後女子們之間出現了這樣的傳說：

達爾辛王子在走路時，雲層突然聚集並落下雨水。下完雨後，有一陣輕風吹過。這時，全身赤裸在走路的王子身上開出了櫻花和山蘋果花，為王子披上美麗的衣裳。王子身上的花朵吸引了上千百隻的蝴蝶飛來，蝴蝶與花朵編織出一件彷彿不屬於人間、美麗至極的衣裳。

不過，事實上，達爾辛是在全身赤裸之下，抬頭挺胸坦蕩蕩地走路。

當達爾辛進入城鎮時，街上已聚集好幾萬的民眾把道路兩旁擠得水洩不通。民眾敲打著太鼓和盾牌，吹著笛子和喇叭，人們的歌聲夾雜著打擊聲彷彿夏天裡落在山上的雷聲，如暴風雨來襲時的海風般傳播到遠處。大烏鴉們聚集在空中，由歐布帶頭畫著大大的圓圈，並且不斷發出嘎嘎的吵叫聲。就像到了月圓之夜一樣，到處傳來狗兒的遠吠聲。

在城堡裡，阿尼古正站在剛達總督的面前。阿尼古身上的青銅鎧甲猶如一面鏡子般擦得光亮，左側腰際佩帶著有金銀綴飾的長劍正插在銀製劍鞘中。他的右側腰際掛著比剃刀還要銳利的尖頭小刀，左腋下夾著頭盔，頭盔上有山豬毛做成如雞冠的裝飾物。

「你有聽到那騷動聲嗎？」剛達總督以不悅的語調發問。「這次如果再沒拿下那小子的性命，就換我們有危險了。」

阿尼古臉上露出一抹輕笑說：「這三年來，那傢伙不但沒受到好的武術訓練，甚至連武器都不能拿。再說，他還全身赤裸，竟然想要用區區一根木棍打倒我，真是愚蠢至極。我才是這個國家的王子，等我先讓他吃點苦頭後，再用這把劍取下他的頭顱。」

剛達總督點了點頭。雖然剛達總督憎恨著達爾辛，但其實他的內心深處仍然對康拉王有所畏懼。

最近從南方國家來的商船帶來了康拉王的謠言，如果真如謠言所說，康拉王還活著的話怎麼辦？他到底什麼時候會回來？城堡裡現在還沒有做好和康拉王作戰的準備。如果康拉王知道自己的兒子被阿尼古殺死，那可就麻煩了。不！是達爾辛自己提出要決鬥的，這不是阿尼古的責任。如果讓達爾辛活著，他一定會把一切說出來。但是都已經過了四年了，如果康拉王還活著，早應該回來了。謠言畢竟是謠言，康拉王一定是死了。

剛達總督拍了拍手說：「把蜂蜜酒拿來。」

一名手下送上一只銀製高腳杯，並把酒斟滿。剛達喝下一半的酒後，把高腳杯遞給兒子說：「勇敢地作戰不要讓我丟臉，一定要戰勝回來！」

阿尼古一口喝盡剩下的蜂蜜酒說：「父親，請您不用擔心！」

阿尼古戴上盔甲，敬了一個禮。

「我一定會把達爾辛的頭顱帶回來，請您耐心等待。」

阿尼古說完後，一邊笑著，一邊往城堡外走去。

城堡前方有一大片寬闊平坦的廣場。由於這裡平時用來放養城堡裡用的綿羊和山羊，因此廣場上的草皮被啃食得非常短。廣場上已湧進大批群眾，無論是城堡內或城堡外都引起了大騷動。廣場中央有幾十位德魯伊和佩帶長槍的士兵們圍成一個圓圈站立著。決鬥時除了雙方決鬥者之外，誰都不能踏進這個圓圈內。在其中一方的決鬥者陣亡以前，不得有任何人類踏進決鬥的圓圈。

忽然間城堡外一片安靜，達爾辛從城門走了進來，寂靜隨著達爾辛來到了城堡的廣場上。達爾辛在接受圓圈外的士兵敬禮致意後，進入圓圈並站在圓圈中央。

「我是康拉王之子達爾辛。」

達爾辛清澈的聲音響遍全場並傳到城牆外。

「我要求與剛達總督之子阿尼古決鬥，FIFAR！」

聖人拉格達站在圓圈的南方，他舉高雙手以宏亮的聲音對著所有人說：「這是只屬於兩人的決鬥，兩人的命運將交由偉大的神摩根來決定。所有在場的人都是這場決鬥的見證者。」

「喔喔喔喔！」如地鳴般的聲音同時響起。

此時，阿尼古一邊發出喀鏘喀鏘的聲響，一邊從城堡裡走了出來。人們看見阿尼古身上那閃閃發亮的鎧甲，頓時變得鴉雀無聲。

拉格達看了群眾一眼後，把視線移向達爾辛詢問說：「達爾辛，你要使用哪種武器決鬥？」

達爾辛雙手握住木棍並高舉至頭上說：「橡樹、山豬牙、鹿角。我用這三樣東西和我的身軀決鬥。」

所有人都安靜了下來，就連呼吸聲都聽不見。

拉格達轉向阿尼古詢問說：「阿尼古，你要使用哪種武器決鬥？」

「鐵！我要用這把劍和短刀！」

比起全身赤裸的達爾辛，身穿盔甲的阿尼古看起來高大許多。阿尼古早已從劍鞘拔出長劍，向達爾辛擺出挑戰的姿勢。

此時，圓圈外傳來聲音。

「不公平！誰快來給王子一把劍！」

「就是啊！就是啊！」

群眾開始騷動了起來。達爾辛以安靜沉穩的聲音說：「各位！這場決鬥和武器都是我自己決定的。請各位安靜地觀看決鬥。」

達爾辛話一說完，便轉向阿尼古。

「出招吧！你這個笨蛋！」阿尼古笑著以唾棄的口吻說，並用雙手握住長劍。

達爾辛緩緩舉起木棍，並等待阿尼古揮舞著又長又重的鐵劍靠近他。阿尼古帶著如公牛般的氣勢逼進，長劍像是要割草的鐮刀似地朝達爾辛的膝蓋揮來。達爾辛身子直直地往上跳，並揮動木棍往阿尼古的頭部一敲。咚的一聲，頭盔應聲掉落在草地上。

「喂！阿尼古，那是你腦袋空空的聲音嗎？」

達爾辛笑著說，他的話語激怒了阿尼古。阿尼古頓時滿臉通紅，他上下左右胡亂地揮舞笨重的長劍，衝向達爾辛。達爾辛身輕如燕地一一躲開阿尼古揮來的長劍。

「可惡！像個男子漢出招啊！」

阿尼古大聲叫著，達爾辛旋轉木棍，以棍子末端用力撞擊阿尼古的鎧甲護胸板。咚的聲響再度響起，青銅製成的鎧甲上形成了一個圓形凹陷，阿尼古瞬間痛苦得無法呼吸。達爾辛趁勝追擊再揮動木棍，往阿尼古的左腿敲去，阿尼古隨著笨重的鎧甲倒地。

在這三年的期間，達爾辛不斷接受鍛鍊，他的體格已從瘦弱的男孩變成高大精幹的青年。反觀阿尼古，他在城堡裡過著奢華糜爛的生活，身上只長出贅肉而已。阿尼古在城堡裡接受武術訓練時，大家為了討好他也都刻意放水。就決鬥的情況來說，如果阿尼古是一頭壯大的公牛，那麼達爾辛就像是山中的公鹿。

被打倒在地的阿尼古身上的鎧甲內滿是汗水，呼吸也變得急促。相較之下，達爾辛卻只在赤裸的背上淌下一行汗水而已。阿尼古好不容易站起身子，木棍立刻像風車般旋轉，木棍兩端迅速朝著阿尼古襲來。木棍前端不斷撞擊阿尼古，其速度之快就像蒼鷺用尖嘴刺向魚兒或青蛙時的速度。木棍每撞擊阿尼古一次，他的鎧甲便會多一個圓形凹陷。阿尼古左膝內側的肌腱被山豬牙割斷了。

鮮血從阿尼古的腿上噴出，阿尼古重重的朝前方倒下。達爾辛用鹿角勾住長劍，用力轉動一拉，長劍從阿尼古手中脫落，拋落在遠處的草地上。阿尼古忍著疼痛搖搖晃晃地站起身子，達爾辛見狀舉起木棍往阿尼古額頭中央用力一擊。彷彿被大斧頭砍斷的樹幹似地，阿尼古的身體緩慢地倒向後方。

現在正是取下阿尼古的頭顱的最佳機會。達爾辛把木棍放在地上，撿起掉落的長劍走到仰臥在地的阿尼古面前，他用雙手握住沉重的長劍，緩緩舉高至頭頂上。

達爾辛的腦海中頓時浮現許許多多的回憶，在激動不已的憤怒情緒下，達爾辛的內心深處其實還留有兒時與阿尼古玩耍的記憶。真正面對時，達爾辛才發現要殺死阿尼古並取下他鮮血淋漓的頭顱，比想像中的還要痛苦。達爾辛為自己躊躇不決的懦弱感到生氣，他把手上的長劍用力往地面一插，背對著阿尼古向聖人拉格達說：「已經夠了。決鬥結束了。」

就在此時，倒在後方的阿尼古驀然坐起身子，他一邊甩著頭，一邊站了起來。阿尼古的右手緊握短刀，直直朝著達爾辛的背部揮來。由於一切太過於突然，拉格達沒能來得及出聲。不過，達爾辛從拉格達眼中看見影像，他擺出跳水般的姿勢朝前方撲下。達爾辛彎曲身體在草地上翻了一個筋斗後站起身子。雖然有少量的鮮血從達爾辛的背上滲出，但並未被阿尼古的短刀刺中。阿尼古急忙想要拔起插在地上的長劍，但長劍深入地面並且被兩塊石頭夾住無法拔出。

達爾辛以兔子般的輕快動作跳躍，從草地上撿起木棍。

「阿尼古！」

阿尼古放棄長劍，緊握住短刀。達爾辛用木棍閃躲阿尼古揮來的短刀，最後用鹿角深深插入對手的喉嚨。鮮血如噴泉般從阿尼古的喉嚨湧出，阿尼古搖晃著身體往後退了二、三步。阿尼古似乎想要說些什麼，卻說不出話來，他睜大雙眼，用雙手壓住自己的喉嚨。

這一次達爾辛不再躊躇不決了。他用驚人的力量拔出插在地上的長劍，隨即一刀砍斷阿尼古的頭顱。

達爾辛握著長劍茫然佇立，他看著眼前自己親手殺死的阿尼古。過了不久後，達爾辛大聲地呻吟起來，他丟下手中的長劍，低頭跪在地上。達爾辛全身失去了力量，促使他勇猛戰鬥的憤怒也已消失。剩下來的只有從染成藍色的臉孔上，不停滑落的水滴在滋潤著地面上的綠草。

在決鬥進行當中，有一大群人從城門外趕到廣場。決鬥結束後，其中一人與拉格達一同進入圓圈內。這名男子掀開斗篷上的頭巾，把手放在跪坐著的達爾辛肩上說：「毋須懊惱！你做得很對！」

男子撿起沾滿鮮血的長劍朝向天空高舉，他以宏亮的聲音對著所有人說：「所有人聽好！在這裡的是我的兒子，如果還有人要向他挑戰的話，就由我康拉來應戰！」

「國王回來了！國王回來了！喔！喔！喔！」

好幾萬人的歡呼聲響徹雲霄。

城堡位置在可以看見港口的高丘上，不斷有船艦駛進港口，並拋下船錨。那些船艦不止有凱爾特族的船艦，還有皮克特族和薩斯納克族的船艦。

達爾辛驚訝地站了起來。

「父王！這是夢嗎？」

康拉王一邊笑著，一邊用他強壯的身體緊緊抱住達爾辛說：「這不是夢！我回來了！戰爭已經結束了。所有事情我都聽說了，你的表現讓我感到十分地驕傲！」

達格中士接著抱緊達爾辛。

「達格，請把你的斗篷給我。」

「當然！」

達格脫下身上的斗篷，打算披在達爾辛的肩上。然而達爾辛卻接下斗篷，把斗篷蓋在阿尼古的遺體上。達爾辛撿起掉落在地上的金項鍊，小聲地說：「我會把這條項鍊擺在你的墳上。」

康拉王和達爾辛慎重地埋葬阿尼古。

葬禮結束後，康拉王和兒子並肩緩緩走向城堡。用橡樹做成的厚重城門敞開著，正在為兩人的歸來表示歡迎。

薩斯納克國的國王托爾，以及他美麗且有著一頭金髮的女兒漢娜跟隨在兩人後方。一行人來到城門前時，康拉王回過頭對著托爾說：「歡迎來到我們的城堡！」

此時，湧進城門前的群眾紛紛發出聲音。

「不要讓薩斯納克族的人踏進城堡！」

「不要相信他們！」

群眾的聲音像漩渦似地逐漸擴大，四周引起一陣騷動。漢娜害怕地把臉埋在父親的胸前。康拉王舉高雙手，用所有人都能聽得見的音量大聲說：

「大家仔細聽好！」

騷動的群眾安靜了下來，人們帶著嚴厲的、悲傷的視線都集中在康拉王身上。

「難道你們認為我會不了解大家的心情嗎？有參與戰爭，親眼看見的人一定很能了解薩斯納克國的情形。大家可以聽聽他們怎麼說，如此一來，你們就會明白接下來我要說的全都是事實。」

康拉王的手下點了點頭，其他男子都彼此互看了一眼。

「的確有很長的一段時間，我國不斷遭受薩斯納克族殘酷的對待。在場的各位當中，相信也有許多人因為祖父、父親、兄長被殺害而憎恨薩斯納克族。那麼，我們應該判處他們死刑嗎？還是把他們當成奴隸呢？薩斯納克族當中，也有很多人的親人被凱爾特族殺害。我們，還有被殺害的人們究竟是為了追求什麼而戰爭呢？大家捫心思考看看。

我們追求的是和平！每個人都能夠安心過活，擁有小小的幸福。

憎恨能夠給我們什麼呢？憎恨只會帶來更多的憎恨罷了。如果不立即斬斷這場噩夢的枷鎖，和平就永遠不會到來。

我已經不想再看見慘不忍睹的屍體，也不想再聽見悲痛的哭泣聲。今天，我要在此創造出和平。凱爾特族的和平、薩斯納克族的和平、基姆利、皮克特族的和平！如果和平真是我們所追求的東西，那麼，真正阻礙著和平的敵人便是這個憎恨的情感！

在這場戰爭中，我看遍薩斯納克國的領土後才明白了一件事。一千年前，薩斯納克國的領土是現在的三倍大。他們不是因為戰爭而失去領土，而是受到北方恐怖冰河的襲擊。冰河吞噬了薩斯納克國廣大的森林、牧草原及田地，這些領土全都被覆蓋在厚實的冰塊底下，許多的小孩、女人和老人都

因此喪命。悲劇還不僅於此，剩下來的寶貴森林被破壞當成燃料，或使用在家畜身上，薩斯納克國也因此變得越來越貧窮。

在如此悲慘的情況下，同樣極為貧困的東方國家不斷有凶猛的民族攻擊薩斯納克國，搶走他們寶貴的水和食物。為了尋找新的土地和食物，薩斯納克國的男子們往南方前進，因此和凱爾特國起了衝突。

為了戰爭而失去許多國家寶貴的生命與資源，換取而來的應該只是憎恨嗎？這是大家所想要的嗎？敵人與敵人之間要建立和平的關係，就必須互相理解與信賴。我康拉王，相信薩斯納克國的國王托爾。我相信只要好好栽培這顆心靈的種子，和平將會成長為一棵強壯的大樹。」

安靜無聲的人群之中，有人發出了聲音。

「康拉王萬歲！」

「和平萬歲！」

達爾辛附和著。

人們敲打盾牌不停喊叫著「萬歲！萬歲！」，並用雙腳踩踏地面發出聲響，那聲音如雷聲般直達雲霄。

康拉王用雙手抱住薩斯納克國的國王托爾，托爾的眼中含滿了淚水。

「快進來吧！今天是值得慶祝的日子，來舉行慶宴吧！」
「康拉王萬歲！達爾辛萬歲！」
人們的歡呼聲變成了歌聲，康拉王一行人在歌聲之中前進。達爾辛和薩斯納克女孩漢娜走在一塊兒，漢娜清澈如天空的藍色眼珠裡，映出達爾辛的笑臉。

從這一天起，達爾辛王子展開了他的新人生。
在凱爾特國的歷史中，這一天發生的事成了千古傳誦的故事。
什麼？你問剛達總督後來怎麼了啊？
那天，剛達總督從城堡的陽台上看見康拉王的艦隊歸來，也從陽台上看見兒子最終的模樣。當天晚上剛達躲在要回到南方國家的商船上，就這樣消失了蹤影，再也沒有回到凱爾特國了。
不過，有關剛達的謠言曾傳入凱爾特國。有位薩斯納克族的船長這麼說：
這是一位獨眼的老船員在南方國家的港口附近的小酒吧裡，一邊喝著烈酒一邊說出來的事。那個喝醉酒的老船員連自己的酒都撒了出來，所以我不確定這個謠言到底真不真實。總之，老船員說在一艘南方國家的奴隸船上，有一名留有鬍鬚的中年男子和剛達長得一模一樣，聽說那名男子老是一邊划動船槳，一邊嘮叨地說自己是凱爾特國的國王。

啊？什麼？大烏鴉歐布？

歐布和老婆、小孩住在城堡最高的塔上，而且活得比人類還要久。那座塔到現在仍被稱為「歐布之塔」。

你說馬兒黑閃電嗎？

黑閃電自從習慣了自由的生活後，便無法再忍受身上被掛上馬鞍或繩索。但達爾辛每年一定會到西邊的海岸與黑閃電見面。

達爾辛每次去見黑閃電時，一定會全身赤裸地騎在黑閃電的背上，盡情在山丘上奔馳。達爾辛的黑色長髮和黑閃電的鬃毛彷彿一面掛在戰場上的旗幟，隨風輕輕飄揚。據山上的居民所說，即使過了好幾十年，達爾辛的頭髮都已泛白，黑閃電的鬃毛依舊黑亮。據說即使到了現在，每當西邊的海岸波濤洶湧時，還會看見黑閃電隨著形狀像是馬兒鬃毛似的白色浪濤，前來迎接達爾辛。

這次又要問什麼？達格中士和布莉姬當然是結婚了啊！

對了！還有一個有趣的故事。

達爾辛把他一直帶著的狼皮交給布莉姬阿姨，而布莉姬為了不讓狼皮遭到蟲咬，於是把狼皮收在杉木做成的箱子裡妥善保管。只有在特別的客人來時，布莉姬才會把狼皮拿出來，驕傲地與客人分享有關狼皮的故事。

達格和布莉姬都非常喜歡狗，所以他們養了好幾隻獵犬。過了好幾年後，飼養的獵犬當中，總算生出布莉姬看中意的母犬。這隻母犬的頭腦聰明、性情溫和，對家族非常地忠心。布莉姬的腦海中浮現了一個念頭。

在這隻母犬滿兩歲的秋天月圓之夜，附近的山丘上傳來狼叫聲。

「喔嗚～嗚……。」

「真難得啊，狼群會跑到這麼近的地方。」達格放下手中的蜂蜜酒，走到外頭巡視。「我看今天晚上還是把狗綁在糧倉裡的好。」

「我想也是。」布莉姬一邊微笑地說，一邊在達格的杯子裡添酒。

這天晚上，當沉睡的達格如鯨魚般發出巨大鼾聲時，布莉姬悄悄走下床。她拿出收藏在木箱裡的狼皮，並把母犬從糧倉裡帶了出來。在冰冷的銀色月光照耀下，四周沒有任何風聲一片寂靜。

到了山丘上，布莉姬把母犬綁在一座小古墳旁的山梨樹下。她把帶來的狼皮鋪在母犬旁邊，溫柔地拍打狼皮並呼喚母犬。

「乖孩子，要乖乖在這裡喔。」
布莉姬輕撫母犬的頭部後，便安靜地回到家中。
在月光照耀下的山丘上，零丁孤單的母犬不停地顫抖著。遠處傳來貓頭鷹「吼～吼～」的叫聲。

◊ 灰狼咕嚕

此時，昏暗的森林裡陸續出現了七匹狼，狼群露出雪白利牙，朝著無法逃脫的母犬接近。

「嘎嚕……。」

一匹體型最大的灰狼突然跳到狼群前方，對著同伴發出低沉的吼叫聲。另一匹看似凶猛的狼不顧警告地朝母犬接近，於是灰狼便咬住那匹狼的喉嚨，壓下牠的身體。

狼群裡的老大灰狼清楚地知道母犬身旁的毛皮上有著哪些味道。毛皮上有著令牠懷念的母親味道、自己的味道，以及在這世上最令牠信賴的人類，也是牠深愛的達爾辛的味道。灰狼一整晚都守護在母犬身邊，保護母犬不被其他狼隻傷害。

隔天當太陽升起時，布莉姬走到山丘上來迎接母犬，她看見四周的狼隻足跡，重重地點了點頭。布莉姬讓疲憊不堪的母犬喝了足夠的羊乳後，一邊哼著歌，一邊為達格準備早餐。

從那一天算起，正好到了第六十三天時，有七隻幼犬出生。不同於母犬，這七隻幼犬的耳朵都是豎立著的。七隻幼犬當中，有六隻幼犬身上有著近乎白色的金毛，最後一隻幼犬有著彷彿在晨光照耀下，火堆在雪地裡升起的煙霧般輕柔的白毛，又長又強韌的白毛前端為灰色。這隻幼犬有著純黑色的耳朵和尾巴末端，如歌鶇卵般大小的眼睛裡閃爍著綠寶石般的光芒。

布莉姬抱起這隻幼犬，一邊用自己的鼻子磨蹭著幼犬冰冷的小鼻子，一邊微笑地說：「歡迎來到這個世上，我等你等了好久了！乖乖喔！」

達格看見布莉姬的模樣，笑著說：「特別寵愛某隻小狗不好喔。怎樣，要不要替牠取名叫做小黑呢？」

「不行！這孩子的名字叫做葛路特。等牠離乳後，要馬上把牠送給達爾辛王子。將來這孩子，還有這孩子的子孫的使命就是要一直守護著達爾辛王子，以及王子的小孩、孫子，就像保護達爾辛的灰狼一樣。」

達格總算明白了，他瞪著雙眼張大嘴巴說：「什、什麼？這些小狗是和狼的混血兒？這怎麼可能……。」

「沒錯！這些小狗正是保護達爾辛王子的灰狼咕嚕的小孩！你還記得嗎？兩個月前的月圓之夜，我們不是有聽見狼群的叫聲嗎？那時我就知道了，咕嚕並沒有忘記達爾辛，而且牠還留下自己的孩子，來代替自己守護在達爾辛身邊。」

達格抱起灰色的幼犬。

「真的嗎？不過，這眼睛確實是咕嚕的眼睛！是達爾辛口中所說的灰狼的眼睛！」

布莉姬的預感果然一向都是正確的，這隻名為葛路特的獵犬一直守護著達爾辛的孩子，並且一直存在於凱爾特傳說中。

那麼，我想差不多該結束話題了。

各位，晚安了。

◇越橘

結語

我剛搬到黑姬時，曾和友人也是詩人的谷川雁先生一起翻譯一本集結了日本民間故事，書名為《古書記》的故事書。

有一天，我遇上了一則非常不可思議的故事。

「雁兄，這真的是一本很老的書嗎？奇怪了，這裡面有我祖國的傳說耶！」

那則故事是這樣寫的：

「從前有一個地方，住著一位心地非常善良的青年。有一天，青年救了一隻海裡的生物。這隻生物為了報答青年，於是把青年帶到海底的皇宮裡去。這座皇宮的國王是一條龍，龍王每天都熱情地款待青年。但過了不久後，青年開始懷念起陸地上的世界，便回到陸地上去。青年一回到陸地上，轉眼間就變老了。」

這是凱爾特國自古流傳下來的「龍宮傳說」。

嘿！是不是覺得這則故事很耳熟呢？

是不是覺得凱爾特國比較親近了呢？

這本《野蠻王子》是以凱爾特國為舞台的故事。

我從小聽了很多凱爾特神話長大，這些神話和學校裡教的歷史截然不同。因此，孩童時期的我，神話、傳說還有學校教的歷史就像祖母為我烹煮的燉兔肉料理一樣，在我的腦袋裡變得混淆不清。

根據歷史教科書的記述，在羅馬帝國征服歐洲和北非以前，長達千年之久，凱爾特文化對廣大區域帶來不輸給羅馬的影響力。凱爾特國的傭兵曾遠渡北非的迦太基、希臘的特洛伊、古埃及、衣索比亞打仗。

日漸強大的羅馬帝國不斷地進行侵略，最後終於和凱爾特國起了正面衝突。兩國之間展開一場為期漫長、極盡殘酷的戰爭。最後，羅馬終於把維京人（八世紀到十一世紀不斷在歐洲海岸恣意掠奪的北歐人）的國家和愛爾蘭國除外的地區全都納入羅馬帝國的版圖。

羅馬帝國滅亡後，遷居到愛爾蘭的凱爾特族面前出現了更多更恐怖的敵人。這些敵人包括有撒克遜人、盎格魯人、諾曼第人……等等。

就在這個時期，凱爾特國誕生了亞瑟王的傳說。強悍的亞瑟雖然是一位勇敢的國王，不過卻也有著許多人類的缺點。

隨著時間的經過，這個古老的傳說被盎格魯•撒克遜人和諾曼第人大幅度地扭曲改寫。

不過，傳說中還是保有一些凱爾特族的內容。比方說，亞瑟王的老師是一位魔法師，或是亞瑟王與從海的另一端襲擊而來的敵人對抗，不惜性命地捍衛國家等內容。

不同於這些傳說內容，像是具有特殊力量的長劍，或是皇家騎士尋找基督在最後的晚餐裡使用過的聖杯之類的故事都是過了好久以後，不是凱爾特人的說書人或詩人所創造出來的傳說。

流傳下來的凱爾特神話中，最古老的神話包括有新石器時代裡擁有卓越文化的亞特蘭提斯島在一夕間沉沒消失的故事，以及幾位存活下來的聖人搭船抵達英國及愛爾蘭的故事。這些聖人被稱呼為太陽神父，並且受到人們的尊敬。在這之後，凱爾特族來到這些島嶼上，德魯伊傳承了太陽神父的教誨，並成為人們尊敬的對象。

在凱爾特語當中，Drus是英語的Oak，也就是會結有橡果的落葉樹。以日本來說，最接近Drus的種類應該就是日本橡樹。因此，德魯伊（Druid）就代表著橡樹之賢者的意思。

透過國王、教會及政府，德魯伊教誨人民必須懂得愛護森林、河川及海洋等大自然。在羅馬帝國和基督教征服凱爾特國時，德魯伊也因此受到嚴重的打壓。不過，儘管受到打壓，凱爾特族獨特的語言、詩歌以及傳說至今仍在世上頻繁流傳著。

其中有關一位赤裸的青年勇敢尋找「真實之路」的故事以各式各樣的形式一直被流傳著。真實之路必須從大自然中學習，只要能夠抓住單純又美麗的真實，就能夠擁有比超自然武器更驚人的力量。

我想不用我多說，大家應該都知道我也是說書人之一。沒錯，我就是凱爾特系黑姬紅鬼的說書人。哈！哈！哈！哈！

二〇〇二年春天於黑姬

C. W. 尼可

I am so happy and proud that new friends can read my books in Taiwan. Say 'TREE' (and smile) CWNicol

◇ 作者自畫像

國家圖書館出版品預行編目（CIP）資料

野蠻王子 / C.W. 尼可（C.W. Nicol）著；林冠汾譯，-- 再版，--臺北市：信實文化行，2015.05

面；　公分 . -- (What's nature)

ISBN 978-986-5767-68-6(平裝)

873.57　　　　　　　　　104006574

What's Nature
野蠻王子（裸 のダルシソ）

作　　者：C. W. 尼可（Clive Williams Nicol）
譯　　者：林冠汾
總 編 輯：許汝紘
副總編輯：楊文玄
美術編輯：楊詠棠
排　　版：碼非創意企業有限公司
行銷企劃：陳威佑
網路行銷：劉文賢
發　　行：許麗雪
出　　版：信實文化行銷有限公司
地　　址：台北市大安區忠孝東路四段 341 號 11 樓之 3
電　　話：（02）2740-3939
傳　　真：（02）2777-1413
網　　址：www.whats.com.tw
E-Mail：service@whats.com.tw
Facebook：https://www.facebook.com/whats.com.tw
劃撥帳號：50040687 信實文化行銷有限公司

印　　刷：上海印刷廠股份有限公司
地　　址：新北市土城區大暖路 71 號
電　　話：（02）2269-7921

總 經 銷：聯合發行股份有限公司
地　　址：新北市新店區寶橋路 235 巷 6 弄 6 號 2 樓
電　　話：（02）2917-8022

2015 年 5 月 再版
定價：新台幣 320 元